狗本梦想系列丛书

疯狂明星

DREAM PUPPY BOOKS · CRAZY SUPPER STAR

我们有什么理由没有梦想？

施向东/著

光明日报出版社

图书在版编目（ＣＩＰ）数据

疯狂明星 / 施向东著． -- 北京：光明日报出版社,2017.12
（狗本梦想系列丛书）
ISBN 978-7-5194-3765-7

Ⅰ.①疯… Ⅱ.①施… Ⅲ.①中篇小说－中国－当代 Ⅳ.①I247.5

中国版本图书馆CIP数据核字（2017）第318911号

疯狂明星
FENGKUANG MINGXING

著　　者：施向东

责任编辑：谢　香　李　倩　　　　　责任校对：傅泉泽
封面设计：梦　想　　　　　　　　　责任印制：曹　净

出版发行：光明日报出版社
地　　址：北京市西城区永安路106号，100050
电　　话：010-67078248(咨询),67078870(发行),67079571(邮购)
传　　真：010-67078227，67078255
网　　址：http://book.gmw.cn
E－mail：gmcbs@gmw.cn
法律顾问：北京德恒律师事务所龚柳方律师

印　　刷：上海雅昌艺术印刷有限公司
装　　订：上海雅昌艺术印刷有限公司

本书如有破损、缺页、装订错误，请与本社联系调换。电话：010-67019571

开　　本：889×1194　1/32　　　印　　张：10.125
字　　数：184千字　　　　　　　　插　　图：189幅
版　　次：2017年12月第1版　　　印　　次：2017年12月第1次印刷
书　　号：ISBN 978-7-5194-3765-7

定　　价：58.00元

前言

　　我们处在一个经济快速发展，而产业发展不均衡的时代，明星作为文化产业中最重要的一个角色，不仅承载着文化经济发展的功能，更重要的是承载着先进文化发展的使命！

　　现在各行各业都处在变革的浪潮中，而明星经济的变革变得更快，动不动一场戏几百万上千万，甚至上亿，一天活动几十万几百万，而明星的负面新闻也层出不穷，甚至一度霸占了新媒体的头条，让很多有识之士议论颇多，有的甚至很反感！

　　笔者在一次交流中碰到一位资深科研老教授，老教授说了一番话让在座各位都陷入了沉思，明星一场秀、奔跑一次都好几百万，而我们科研工作者一辈子的梦想是获得由国家主席颁发的国家科技进步奖，而代表中国科技最高荣誉的国家科技进步奖是五百万，这可是我们一辈子的努力啊，都赶不上人家一天！

　　现在是自媒体与网络媒体平台最发达的时代，明星挣钱其实跟我们没有多少关系，只要是明星合法的收入，我们就不能说三道四。但明星是公众人物，现在通过新媒体传播出来就跟我们有了关系了，舆论导向使得我们很多青少年崇拜明星的生活、崇拜明星的收入，这些是我们要引起关注的，榜样的力量是无穷的，如果大家心都在演戏上面，那科研怎么发展？如果大家都从事虚拟经济了，实业经济又是怎么得到发展？明星依赖的载体一部分是国家垄断资源，也就是稀缺资源，比如电视台，现在几乎所有的电视台都是国有电视台，都是属于国资，那电视台天价支付的节目费用，是不是也是造成国有资产的流失呢？明星依托的网络平台是否也要承载先进文化发展的舆论导向作用呢？过度宣扬明星，挖掘明星新闻博取眼球经济是不是就没有承载文化发展使命呢？这些都是需要我们很多文化工作管理机构去深思的！

正能量是文化发展的基础，明星中努力的、正能量的大有人在！可也总有一小部分明星给演艺圈抹黑，吸毒、卖淫嫖娼等等，给社会造成很多不良影响。演员一旦成为明星就应该是一个承担社会责任的公众人物，她的一言一行都在履行着公众人物所要履行的职责！

本小说以两只狗为导线，在一幕幕幽默诙谐的平面话剧表演中呈现出明星的千姿百态，涉及到明星经济、生活、产业、人生等，作者试图将对"明星现象"的思考通过文字、插图、漫画、动画等艺术形式形象地诙谐地夸张地展现给读者。

本书是《狗本梦想疯狂系列丛书》三部曲的最后一部，笔者希望通过这三部小说能给这个快速发展时代中的一些疯狂留下痕迹，人生不仅仅是一出过往云烟的戏，更是一场多姿多彩的生活！让读者在轻松愉悦的阅读中对社会上种种"疯狂"的现象进行深入的思考，思考出这些现象背后深层的社会原因。

目录

平面话剧

狗本梦想 · 疯狂明星

演出即将开始，请各位观众保持安静，将手机保持在静音状态！

为方便大家更好观看，先给观众广播本剧的主角，请大家认真聆听。

主角一：一只8岁的帅气明星狗，名梦想，英文名Movataboy。

信仰：怀揣着一颗探索世界与实践梦想之心。

学历：聆听过海豚的教音，差点将海豚导师拍死在沙滩上。

经历：跟随主人当过中介，卖过两年房子；当过电商总监，兼职为电商送快递。

主角二：一只6岁的小萝莉明星狗，名小黄，英文名Alizebaby。

信仰：怀揣着一颗回国探索狗生，实践爱情之心。

学历：在大不列颠荔枝大学旁听过课程，差点就获得硕士学位。

经历：跟随主人当过地产商助理，拍过土地；当过电商总监，兼职为电商送快递。

互相关系：主角一与主角二是一对青春期公母朋友，打过KISS接过吻，仅此而已，谁相信？

背景：影视产业的发展如火如荼，而明星可谓是影视产业链中的一颗明星,在全民追星时代、全民造星时代不仅萌生了许许多多正能量的明星,也造就了一些不择手段丧失人格底线龌龊的暗星,那是什么造就了这些暗星呢?潜规则到底有多龌龊?我们的影视产业发展到底应该何去何从?现在都有谁还在做明星梦?是,你?是他?还是她?还是它?你知道吗?

第一幕 走运

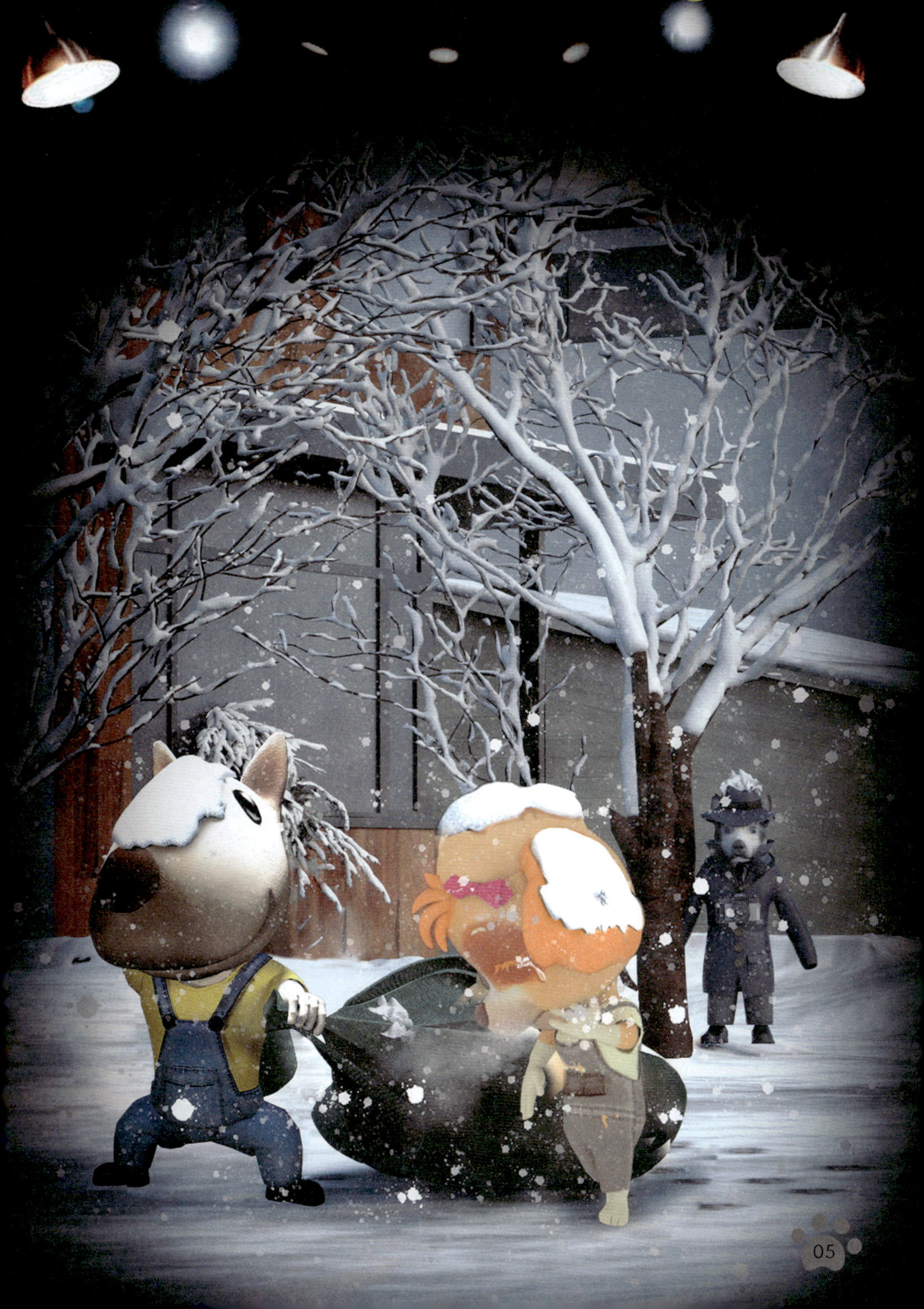

梦想旁白：

　　走运是要靠走出来的，运气一直存在你身边的，只是看你是不是够努力与勤奋去奔跑捕获他！走运也总是为奔跑的人与狗准备的。

小黄旁白：

　　走运总是悄悄地来临到我们奔跑的路上，我们不能原地踏步等待，走运一定不是等待撞到怀中的兔子！

合声旁白：

　　走运，走运是走路走晕时出现的一种幻想，看似美好，其实是一场梦境。

扫描二维码
欣赏精彩动画
www.dreampuppy.cn
登录网站欣赏更多精彩内容

正剧：

梦想与小黄很幸运地被狗明星探子逮到了，说来也巧，那天滨海下了百年不遇的雪，一片片雪像鹅毛一样飘洒在马路上，梦想与小黄正在为主人送一个同城快递，虽说梦想平时嘻嘻哈哈，但，做事还是很认真的。是啊，为了理想，为了小黄，就得打拼，这就是男狗嘛！再说，打拼的狗狗最帅了！在这个很现实的世界里，人与狗都一样，你不去打拼，哪来的什么资本去与狗相争，哪来的资本来呵护自己的女／母朋友，天生男／公就要打拼，这就是与生俱来的使命。

主人的电商创业进展的不太顺利，磕磕绊绊的。是啊，电商的竞争已经是进入了白热化疯狂境界了，大家都在拼成本、拼质量、拼速度、拼口碑……梦想的主人与小黄的主人创业路上很艰辛，但他们还是很乐观的看待生活，对梦想与小黄也很不错，还给进口口粮吃。是啊，累点苦点没有啥，但要吃好！梦想与小黄在陪伴主人创业这一段旅途中，也长大许多，梦想更加帅气了，有时忙的都没有时间修理胡子，胡子拉碴，但更加有男狗味道了，也更加性感了，深得英伦小黄的爱。英伦小黄也长的成熟了许多，也更加妩媚了，这声音都能甜到客户心中，为此，梦想还经常吃醋！在客服不忙时，小黄也陪梦想一起去送同城快递，充当主人的快递员。虽说当快递员很辛苦，但也博足了滨海的眼球，有时大家也不买什么 T 恤，就是喜欢看这两口子狗来送快递，还指明让梦想与小黄来送，不让逆风送。是啊，一对情侣狗送快递本来就很有趣，更有趣的是还带上电子 watch 导航，梦想与小黄是各戴一个，梦想的 watch 震动就向左转，小黄的 watch 震动就往右转，都不震动就直行，上楼梯是两个 watch 一起震动，有趣！两条狗就驮上快递袋穿梭在滨海的大街小巷，成为城市一道靓丽的风景线！

为了完成对客户 12 小时快递到家的承诺，诚信与承诺是做人与做狗首要品质，不仅仅是为了挣口粮钱，是关乎人品与狗品的大事。一天下着鹅毛大雪，梦想与小黄决定还是要完成当天的快递任务。虽然梦想不舍得小黄一个大姑娘去跟自己冒着凛冽的寒风送快递，但梦想说服不了小黄不要去。是啊，情侣快递就是要情侣一起送，再说，小黄是个很体贴的小狗，外冷内热是小黄的本性，哪能在大雪天让梦想一只狗去奔波在外呢？

来，可爱的小黄公主，你看看，我带了什么宝贝出来了，你赶紧过来吧。

你骗我吧，我靠近了你又要抱我啊，你个小骗子。

不是的，你看看你，我这么正能量，哪有这么坏哦，再说，我们都是合法的公母朋友，抱抱怎么啦？又抱不坏。

就不给你经常抱，你会越来越得寸进尺的，你个坏家伙。

不跟你说了，冷冰冰的公主，像大笨钟一样笨。

噔噔噔，噔，你看，我帮你带了一件毛衣，你披上，看看这雪把你毛都盖住了。来，穿上吧。

不要啦，你自己穿上吧，我看你这几天都有点感冒了。

还是你披上吧，我没有什么的，谁叫俺是男子汉，你看看多么健壮的狗腿。来让你英俊潇洒、风流倜傥的男友亲自为美丽的白雪公主穿上衣服。

谢谢梦想！小黄亲了梦想一口，梦想正在得意呢，小黄就狠狠咬了梦想一口。

说，跟哪条母狗去风流倜傥去啦？

冤枉啊，白雪公主啊，我就是这么一说啊。

嗯，看你敢不敢风流。你以后要风流，我就让你一辈子失去我。

公主，小的哪敢啊！要不我为刚才说错话自罚？

好啊，罚什么？

把你的快递袋给我背，这样我刚好练习负重跑步。

亲爱的，谢谢你在这么冷的寒冬里还陪我出来工作，爱你！

不好，我舍不得。

唉，当心，梦想一把把小黄拉倒身边，这个闯红灯找死的卡车司机。

真是，大雪纷纷，小狗情深，一对情侣犬，胜过万千负心人。两只小狗互相搀扶，互秀恩爱，在这大雪纷飞路上，迎着风雪，往前奋力前行。

雪太大了，路上留下了两串狗爪子，又瞬间被雪片掩盖了，是啊，这时还有谁在送快递啊，连人都没有在送了，但这两只小狗还在一家家去送，看来这真是两只有梦想的小狗，

也是励志的小狗。其实，它们不知道，在它们的身后还有一只留着络腮胡子的二哈，已经跟了它们很久了，一路跟还一路还偷偷拍照，为什么在大雪纷飞之际，二哈先生还在跟拍梦想与小黄呢？

这要跟二哈的职业有关，原来这只二哈可不是一般只会耍宝搞笑的二哈，它可是一家非常非常大牌明星公司的金牌星探，那就是斑点狗星光大道影视文化公司，二哈是斑点狗星光大道的首席金牌星探，像什么斑点狗001、奔跑吧狗，忠犬舅公等全世界家喻户晓男狗主人公与女狗主人公都是它发现的，二哈星探可是多少有明星梦的小狗追逐的明星狗中的战斗机，不仅仅是二哈长得很帅，幽默细胞特别多，还跟二哈能有独特的像狼一样的视角有关，是啊，发现一只就能培养一只成为大明星，它可是现在许许多多少女狗梦中的情人，有许许多多美丽怀春的少女狗都想投怀送抱搏得上位，成为星光闪闪的明星！特别是自以为很美丽的阿富汗猎犬、西施犬、博美犬、贵宾犬，还有吉娃娃也来凑热闹，一直在追逐二哈星探，搞得二哈星探天天换古龙水，今天毒药、明天黑草莓、后天芥末的古龙水，是啊，这可是都有着比人类嗅觉灵敏千百倍的狗狗，它们为了能出名挣大钱，那还不去拼命嗅啊，搞得二哈星探每天都很狼狈，好像都是别的狗去发现它这只明星，而不是它去发现明星。

今天二哈星探很高兴，因为今天下着鹅毛大雪，一般娇滴滴的有着明星梦的少女狗都不会出来了，都在空调与暖气中或者在被窝中做着明星梦了，谁还出来呢！再说，今天也嗅不到二哈啊，所以，今天二哈星探先生都没有喷古龙水，也没有做什么伪装，蹦蹦跳跳就来到了大街上，今天它也没有打算去挖掘什么明星，是啊，今天雪这么大，能看到的都是雪人与雪狗，那还有什么狗啊？只有二哈，今天有此雅兴，它只想今天自己能恢复自己的本色，做一条欢乐在雪地狂欢的二哈，为自己拍摄一组有趣的追逐雪片的视频。

可它没有想到，还有在雪地里挣扎前行的一对情侣，一对送快递的狗狗情侣，它们满身都是雪，快递袋上也是厚厚的雪，两只狗深一脚浅一脚互相搀扶往前走。有时一只狗滑到了，另外一只去搀扶，一只陷入雪地了，另外一只去咬着脖圈拖这只拖起来，这是二哈先生多年没有看到的场景，彻底震惊与震撼到了它。这才是狗生梦想的价值观，这才是现在功利社会所缺乏的正能量，狗间真情与人间真情一样，是社会发展的真谛，不能一味用钱来做情感的纽带，更重要的是发自内心的爱来作为情侣的纽带、社会的纽带！

二哈星探原来早就听说过在滨海有一对为主人送快递的狗狗情侣，它以为纯粹是为了电商而进行的一场作秀、一场炒作。

可今天它看到了真实的场景了，它拍摄着，感动着……

当看到梦想拿出一件毛衣为小黄披上时，两只狗在冰天雪地中互相谦让的场景时，二哈先生感动得哭了，摄影机的取景框中都是二哈的眼泪。

是啊，它应该哭了，它为自己哭，为真情哭。这么久它都没有遇到知己，都没有遇到真正的爱情，虽然它从来不缺小母狗，演艺圈，都是互相赤裸裸地利用，今天两只还在一张床，明天就上它人床，说不定澡都没有洗，身上还有自己的味道，这说白了就是纯粹为了狗且或者为了角色上位。

这不正是自己要找的明星吗？这不正是自己要找的充满真情的明星吗？

（本幕完）

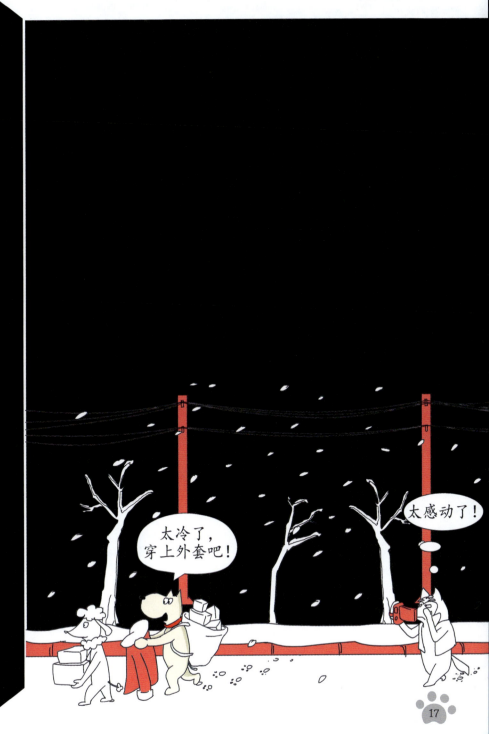

第二幕 电视新闻

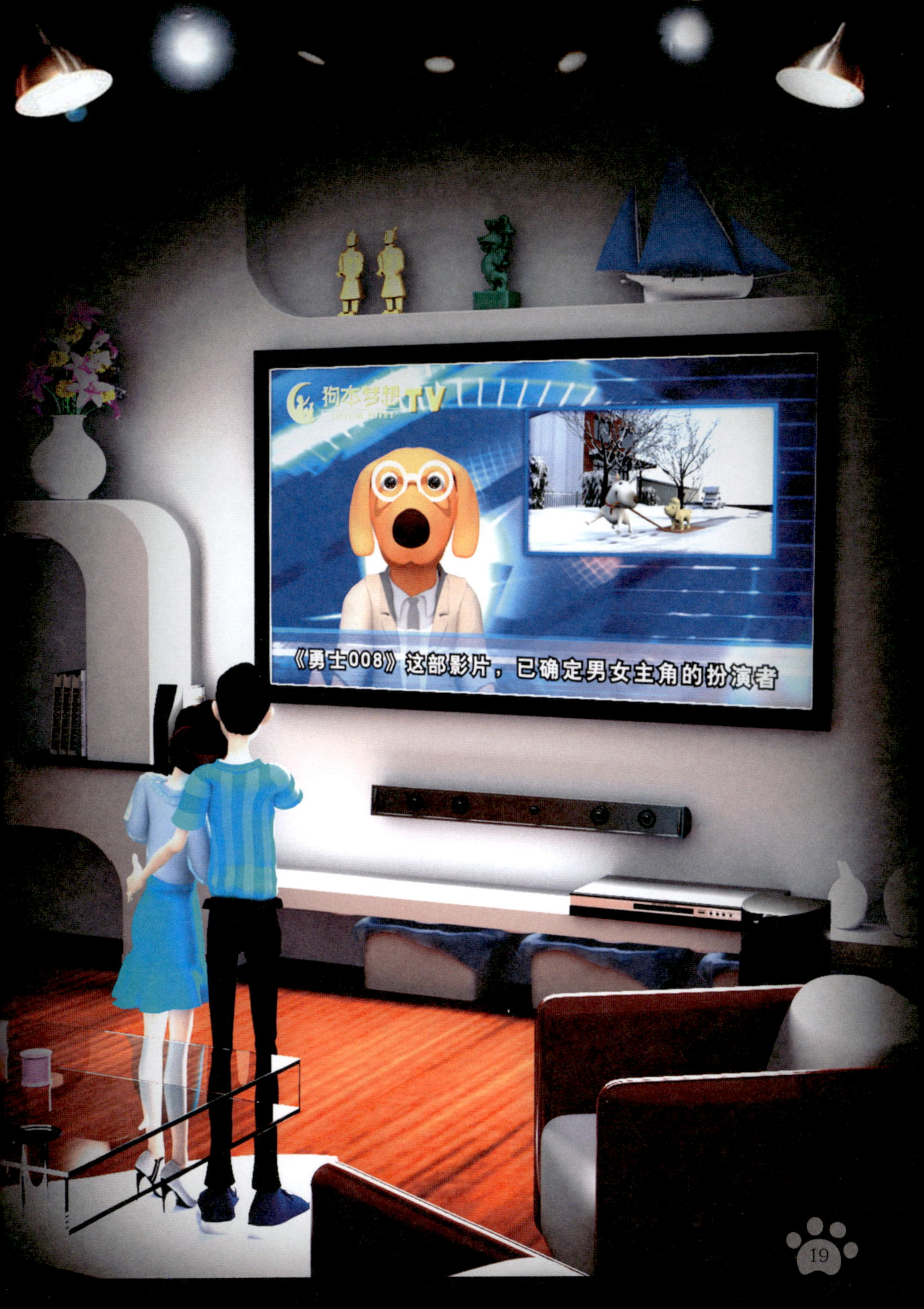
狗本梦想 DREAM PUPPY TV
《勇士008》这部影片，已确定男女主角的扮演者

梦想旁白：

　　出名的方式很多，有做一件歪打正着的正事而出名的，比如你正好在河里浑水摸鱼时有人想不开跳水自杀，你刚好救了她，你又刚好被一个玩无人机拍摄水面的人拍到了，你上了新闻，你就一夜间成名了，说不定就成为社会明星了，当然，你就再也不好意思去别人家养鱼的河里偷偷摸鱼了；另外一种出名是处心积虑故意为之的出名，比如，你在一所很牛的大学，摆好一个很奇怪的 ox style pose，然后在脸书上励志说我一定要考上这所大学，找到一个学经济学的富二代，而且没有同父异母，同母异父兄弟姊妹的独子，且个子不能低于 185cm 的，而你只是一个 155cm，且没有美貌外表的餐厅小妹，那，恭喜你，你已经出名了。

小黄旁白：

　　出名价值评价是要看本质的，出名要看你是为什么去出名的，如果出了名是为了获得更多影响力去为这个社会、为这个人类做更有意义的事情，那，这个出名就不是为了一己私利而出名，这样的出名就很好啊！但，如果这个出名纯粹是为了个人的私欲，是损害他人利益或者误导社会价值观的一种出名，那，这个出名就是臭名昭著，是人人得于诛之、狗狗得于咬之！

合声旁白：

出名。出名就是人名成为名人后可以写在碑上，风吹雨淋后再成为人名的一场游戏。

扫 描 二 维 码
欣 赏 精 彩 动 画
www.dreampuppy.cn
登录网站欣赏更多精彩内容

正剧：

梦想与小黄今天很是开心，因为两狗完成了几乎不可能完成的快递任务，可它们圆满完成了，而且没有摔坏客户的商品，还是在规定的时间里完成了快递任务，尽管它们浑身被大雪淋湿了，成了落汤狗，也被冻坏了，可两狗能得于依偎拥抱前行，美滋滋的心情已经完全掩盖了体肤的感触。这就是爱情的魅力！

它们可做梦都没有想到，它们在雪地里互相搀扶与关爱、百折不挠送快递的精神都已经出现在新闻联播中了，现在正在电视上播出呢。另外，它们更没有想到的是这可是鼎鼎大名的二哈星探拍的。

这不，现在电视台记者正在雪地上采访着二哈星探。

请问，二哈先生，你发现了梦想与小黄正在送快递，感动了你，你打算给它们出演什么角色呢？是不是电影中的快乐快递员？

NO、NO、NO，梦想与小黄不是出演快递员，它们就是我们公司要拍摄的大片《勇士008》要找的男一号与女一号。

哇，《勇士008》啊，那可是全国、不不不，是全球观众都期待的一部大片啊？而且还是男一号和女一号？梦想与小黄都没有拍过电影，二哈先生，你没有说错吧！大家都以为《勇士008》请的一定是国际巨星，什么龙啊，或者凤啊！或者二哈先生你可以请我啊！你看，我也挺漂亮的，是不是有点美丽动人的。

我们拍摄的《勇士008》就是要找有爱心、有勇气的普通狗、素狗，我们要让演员本色出演角色与生俱来的勇敢，当然更加需要的是纯真的爱情，患难中的爱情，我们不需要造作的小鲜肉，只是靠演技表演出来的一种伪装的勇敢、或者天天上错床的爱情。我今天负责任地对滨海、对全国、甚至全球的观众说，我们终于找到了《勇士008》的男一号与女一号，我相信大家一定会喜欢看到这样的结果的！当然，我们的记者 Rose 小姐很棒，现在很是美丽冻人！

　　讨厌，不让我出演女一号，还调侃我，真是讨厌！但不得不说，二哈星探的眼光真是独到，我也是很喜欢梦想与小黄这对狗狗情侣的，它们能出演《勇士008》，我相信一定会票房大卖的！但是，二哈先生，演员还是要有演技的，这

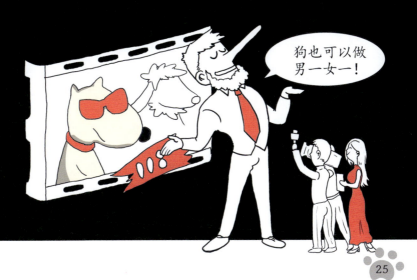

狗也可以做男一女一！

样电影才能好看，我还是有点担心，梦想与小黄毕竟没有在电影学校学习过，那，怎么能确保它们出演能成功呢？

演技是可以学习的，我相信梦想与小黄能有这种励志的精神，一定可以事半功倍学习好的。我刚才与我们影视公司的 CEO 商量过了，我与我们的 CEO 皮特先生联合写推荐信让梦想与小黄去环球好莱坞大学学习。

哇，这么好啊，一定能录取，那，学费与生活费是梦想与小黄自己出吗？还是它们现在的电商主人出啊？

不需要他们出，更不需要梦想与小黄自己出，我们公司全包了，另外再给服装费！

哇，我替梦想与小黄感到高兴！今天采访二哈先生就到这里，下面请观众欣赏梦想与小黄送快递的场景。

记者 Rose 的鼻子是酸溜溜的，是啊，天还下着大雪呢。

梦想的主人正在处理客户的好评呢，小黄的英伦小主正在观看每天的新闻，是啊，荔枝大学学的新闻专业可不能因为现在从事的电商事业而放弃，新闻是要看的，再说，新闻可是可以了解市场动向的好来源，可以为电商事业增加信息源。

今天是 68 年以来最大的一场雪，公交与地铁都因为今天的下雪而停运，请观众朋友做好防冻保暖工作！

下面插播一条本台刚刚收到的一段新闻，两只可爱的puppy 在送快递的感人新闻！

英伦小主立刻被新闻吸引住了，那不正是自己家的梦想

与小黄在送快递吗？国王陛下，国王陛下赶紧过来看电视，快点！

女王陛下，我来啦，看什么啊？

你赶紧过来吧！是梦想与小黄在新闻里！

真的啊，我家的梦想与小黄在大雪天努力在送快递，你看梦想还帮小黄披上毛衣呢！

是啊，叫它们今天不要送快递，可它们还是坚持去了，真是了不起的两只 puppy！

是啊，自从我们电商创业以来梦想与小黄跟着我们吃了很多苦！它们看到我们没有挣到钱，还亏了本钱，它们都帮我们送快递了，今天这么大的雪还在帮我们送，真是辛苦它们了。也辛苦女王陛下了，让你也没日没夜跟我吃苦，都怪我能力不够，让你们都吃苦了……

国王陛下，你是最棒的，这是我们共同的选择，你看梦想与小黄在创业的途中不也是建立了最真挚的爱情，互相扶持，互相照顾，携手共进，共创天下，这不就是爱情最需要的结果吗？

是啊！爱情就是在结伴中互相搀扶探索未来！

老公你看，这是斑点狗星光大道的首席二哈星探！

是啊，二哈先生说到我们梦想与小黄啊！

啊！要选我们的梦想与小黄当《勇士008》的男一号与女一号！哇，太棒了！It's fantastic! Amazing! 英伦小主激动得跳到梦想主人的怀中！

哇，老公，我们的梦想与小黄出名了！嗯，英伦小主狠狠地亲了梦想主人一口！

是啊，梦想与小黄就是现实生活中的勇士与爱情中的楷模！勇士008的主角就应该选择它们！

对啊，我们的梦想与小黄马上要走上它们自己的星光大道了，还要去米国好莱坞大学学习！真舍不得它们这么多年的陪伴！

是啊，人与狗之间的感情已经超越了许多人与人之间感

情，狗它们都是本色付出它们的感情，它们没有虚伪的面具，它们可以拿自己的生命去和自己的朋友交朋友，而有时人却做不到！

是啊，我们的两条puppy已经和我们一起度过了疯狂楼市、疯狂电商的日子，我们都融为一体了，我们的亲情已经是牢不可破了……

女王老婆，不要掉眼泪，我们要为它们感到高兴！我们要支持它们，实现梦想！

英伦小主趴在梦想主人身上忍不住哭起来了……

是啊，亲情无价！

梦想与小黄正在有说有笑往家里滑，两只puppy送完快递后，浑身轻松，一是为按时送完快递确保信誉而开心，二是为能在一起度过一天而开心，情侣就是这样，只要互相在一起，做什么都开心。

梦想依然有许多创意，在回来的路上还用一块木板为小黄做了一个雪橇，这不，梦想正在拼命地在雪地里拖着雪橇奔跑呢，小黄很浪漫地站在雪橇上为梦想在欢呼。

小黄的欢呼是发自内心的，能有梦想这条有梦想、又能体贴入微、又能坚持担当、又有幽默创意细胞的男狗狗朋友，此生无憾！

梦想也一样，梦想的呵护与拼命地奔跑也是发自内心的，是啊，能有小黄这么美丽动人、冰清玉洁、知书达理、一路陪伴、志同道合、温柔体贴的女狗狗公主做自己的女朋友，

此生足矣！

　　矫健的身躯在雪地里奔跑，婀娜的身姿在雪片中飞扬，难道还有什么比这样的场景更浪漫吗？

　　它们现在还不知道，它们已经是一对奔跑在星光大道上的两只星光闪闪的明星狗了，它们的事迹已经通过电视新闻、网络媒体、无线电波传遍了大江南北，创下了本年度最热的新闻热点，已经有 3 亿人 2 亿狗，还有 1 亿猫与 2 千冷血蜥蜴在观看它们的新闻！

（本幕完）

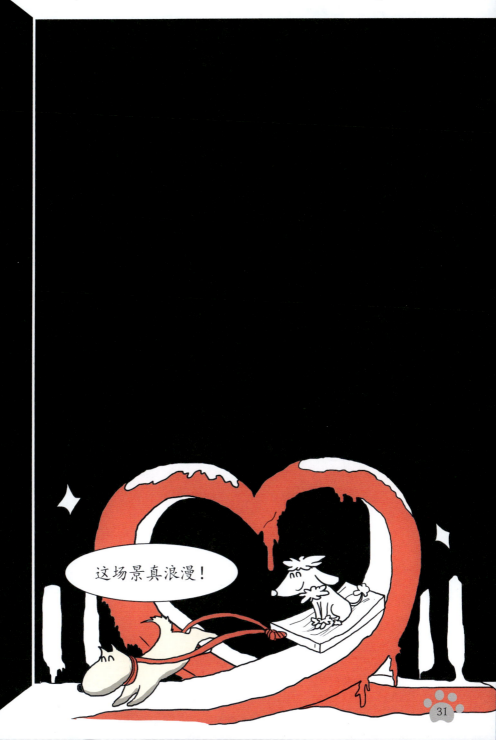

第三幕 好运

33

梦想旁白：

好运不是与生俱来的，不是在走狗屎运，也不是你购买彩票的手气，好运是面向有准备的人的，比如你是一名学生，你刻苦学习你的考试好运就会来到你身边，你努力背 GRE 单词，你就会取得好成绩，你就有可能有好运获得哈佛大学或者麻省理工大学的 offer，或者你初心并没有想到有什么好运，可你一直在用心努力兢兢业业做好自己本职工作，那恭喜你，你一定会有好运来的，升职加薪的好运！

小黄旁白：

　　好运与其说是好的运气，还不如说是功到自然成。如果你不是千里马，怎么有如此好运碰到伯乐，再说，你如果是千里马，就算你不碰到伯乐，那你也可以奔驰在广阔的大地上、驰骋在疆场上，要不要伯乐也就没有这么重要了。

合声旁白：

好运。好运就是当你用尽力气在追寻它时，它总是在跟你躲猫猫，而当你从不想它时，它就不知不觉来到你身边的一个小精灵。

扫 描 二 维 码
欣 赏 精 彩 动 画
www.dreampuppy.cn
登录网站欣赏更多精彩内容

正剧：

　　这边梦想主人与小黄主人一边为梦想与小黄能被二哈明星侦探所发现而感到高兴，一边也为梦想与小黄马上要走上自己的星光大道而感到不舍。

　　是啊，别离总是让人感到惆怅的，哪怕是知道，这是一个很好的结局。再说，梦想与小黄都是陪伴自己很多年的狗狗了，他们一起走过了许许多多的春夏秋冬，一起欢声笑语了几百回几千回了，一起陪伴自己风风雨雨奋斗过，它们已经是自己的一部分了。

　　梦想主人与小黄主人相拥沉默着，小黄主人英伦小主一直在默默流泪，就像妈妈和考上大学的女儿的别离，总是忍不住要哭泣的。

　　梦想主人一直在安慰英伦小主，小黄也长大了，出落得是一个大姑娘了，也该跟随梦想闯荡天涯，狗生梦想，闯荡天涯，为理想而生，为梦想而活，活出精彩狗生，这就是狗本梦想的使命。是啊，难道不是吗？这就是梦想与小黄它们应该完成的一种使命，离开，别离是难免的，是迟早的事情！

　　是啊，可它们是这么可爱，以后就没有它们的欢声笑语了，没有它们调皮嬉闹的热闹气氛了。

　　亲爱的女王陛下，你永远都是我的女王，相信我，我会陪伴你，我们也会有属于我们的欢声笑语的。

　　而梦想这边，它们还在兴奋与幸福的狗拉雪橇的大道上欢天喜地，它们此刻的开心是发自内心的，不带一点演戏的成分，要带的也就是满身的雪花了，是啊，像雪花一样纯洁的开心才是发自内心不带尘埃的开心。

当然，梦想与小黄它们根本就没有想到好运已经像今天的雪片一样撒到它们的身上了！

我们回来啦！

梦想主人与小黄主人听到梦想回家的欢叫声，马上到门口去迎接他们心中伙伴。

哇，你们都成了雪橇狗了，看看你们满身都变成了白色的了，应该叫你们大白了。

呵呵，主人，我们是洁白无瑕的一对 puppy 情侣，我们是最快乐快递员！

来，赶紧抖抖身体，你看看你们身上都结上冰了，把身上雪与冰抖下了，赶紧进屋！

国王陛下赶紧拿两杯热水来给可爱的梦想与小黄喝！我说你快点啊！慢吞吞的！

咦，我们怎么在电视上呢？是你们拍的我们吧？呵呵，为我们拍雪地结婚照！

去你的，谁要跟你拍结婚照。

你们二狗赶紧到沙发上来，好好看看电视，你们已经是家喻户晓的大明星啦！

啊，不会吧！

……

小黄公主，你刚才有没有看出来，主人都对我们有很多

的不舍，他们都是强作欢颜，怕我们看出。

是啊，这惊喜来的也太突然了，我都喘不过气来，主人也是一样，肯定也是吓了一跳！你说我们真的要成为大明星啦？

是啊，电视新闻又不是开玩笑的，再说二哈星探是谁啊？它怎么可能开玩笑呢？而且还在电视新闻上开玩笑，那，这个玩笑也开的太大了吧！

我现在还不太相信，我们怎么就要成为明星了呢？梦想你轻轻咬我一口！

啊，为什么啊？？

我想看看这是不是真的？感觉像做梦一样。

啊！你还真咬啊，耳朵都咬疼了！我们要当明星了，要当明星了，我们要像斑点狗一样出名了！

嘘！小点声，不要给主人听到，主人听到会伤心的！

你说，我们是不是会有很多粉丝啊？

会啊，那肯定是人山人海，前呼后拥，那，粉丝都海了去了！

那，会不会有很多漂亮的女粉丝啊？

那肯定是的，你看看现在这些小鲜肉，特别是从泡菜回来的小鲜肉，走到哪，哪都是粉丝，都是一群漂亮的少女，那场面……

啊，你怎么也咬我啊？

你说，你将来是不是也是这样，那你身边的漂亮的母狗就可多了，你是不是也会玩什么粉丝一夜情啊，是不是还想玩出一两个私生狗啊？你今晚好好跟我说说？

亲亲公主，你和我都这么久了，难道你还不知道我是什么狗吗？我肯定不会是那些素质差的狗。

哼，现在你是这样，谁知道环境发生了改变，你会不会跟其他坏演员一样，去偷腥摸小母狗？

我做狗是有良心的，是有道德的，你也知道我有我远大的梦想，有做狗的原则的，我知道作为一个好演员他应有的职业素养，知道作为一个公众人物应有的社会公德心。

好，那你跟我说说，作为一个演员应该具备哪些职业素养？哪些社会公德心。

好，我把我理解的一个好演员应该具备的职业素养与社会公德心说说：

我觉得，一个好演员首先要定位自己是一个公众人物，要定位自己是一个IP，既然是一个IP了，那他就具备了引导优秀文化传统的创新与发展，他的一举一动都会受到社会公众的评判与模仿。因为在粉丝眼里，社会人眼里，他就是一个品牌，一个楷模，他的一举一动都是对的，都是值得自己去模仿与学习的，这就要求一个明星对自己的行为举止规范就变高了，甚至他连私人空间也没有了。有的明星一直在抱怨说没有自己私人空间，这种抱怨是不对的。因为自从你当了明星，你就注定没有了私人空间了，你就是一个公众人物，你就得要求自己有更高的道德水准！一个好演员一定要具备正能量，要引导社会文化向好的方面发展，要做到本色就要具备正能量，而不是在公众面前演戏。比如你要多去做公益事业、你要遵守公共道德，做到高标准要求自己！这就是一个好演员要具备的社会道德素养！

嗯，说得非常好！一个好演员要具备社会道德素养！那我们是不是以后就要以更高的标准要求自己了？

是啊，明星看起来很光鲜亮丽，但其实也失去了很多常人的乐趣了。

第二，要具备当一个好演员的职业素养。一个演员他承担的工作就是演戏，不管这个演员长得漂亮不漂亮，是否整

容；也不管他高矮胖瘦，是否穿内增高鞋，但他一定要会演戏，要将角色演出角色的本色，要将角色演到入木三分，要给平面的剧本角色加分！现在的观众都很挑剔，你演不好，票房就马上给你颜色看，你就成为烂片演员了，你再漂亮再英俊，也只能被粉丝挂在墙上臆想了！一名好的演员一定要会演戏，哪怕是演一名傻子，都要让观众认为是你就是一个傻子，所以，演员的基本功一定要扎实，一定要有很高的职业素养！做到小不拖累剧组，大对得起观众！

哇，你说得太好了，呵呵，我看你演傻子比较好，本色出演？

好，好，好，我不说了，你放开我！

第三，我觉得一个好的演员还要具备文化素养。你想想，

43

现在的演员都是要出演很多角色的，而每个角色是赋予不同使命的，你出演不同的角色就要像不同的角色，如果你没有一定的文化知识是很难出演与驾驭不同角色的，所以一个好的演员要博学，要与时俱进学习，你要比一般人还要懂得多，你就要有百科知识的大脑。

嗯，对的，如果你出演一个生物学家，就得知道些生物知识；你出演一个程序员就得知道码农的生活；你出演古装戏就得了解历史！

公主厉害！你说得非常好！

……

梦想与小黄在成为明星的前晚整整聊了一个通宵！是啊，有对未来的憧憬与期待、也有对未来不可把握的恐惧；还有对马上要别离主人的不舍惆怅，这些都是要思考与面对的！

（本幕完）

第四幕 别离

梦想旁白：

　　别离，就是有很深感情的分别才叫别离。真是相见时难别亦难，东风无力百花残。如果没有很深感情的离开，去了就去了，都不用打一声招呼，甚至想，早就希望离开这里了，我再也不想再相见了，更别说会因为分离而哭泣，而挂念。

小黄旁白：

　　别离，总是有原因的，人生与狗生一样，总是在探索与追求的路上前行，在时间流淌的长河里度过，总得有许许多多的春夏秋冬，总会碰到许许多多驿站，总在一次次的别离中成长，也总是在割舍情感中丰满自我。

合声旁白：

　　别离。就是在盼你不要离开时，你总是说别啦，我要离开！结果还是离开了。

扫 描 二 维 码
欣 赏 精 彩 动 画
www.dreampuppy.cn
登录网站欣赏更多精彩内容

正剧：

该别离时就得别离，没有别离哪来的相思呢？对于梦想和小黄，梦想主人与小黄主人来说都要面临的都是同一件事情，那就是不可避免的别离，双方都很伤感的一次心路历程，都得要面对！

暴雪后的夜晚，迎来一份寂静，白茫茫雪地的反射将窗外照个通亮，而失眠是必要的，回忆缠绕着两位主人，互相的安慰就成了两位主人心灵的寄托。

梦想与小黄的主人，虽说有许多的不舍，但为了梦想与小黄的美好未来，那是不由得自己有一丝一毫的私欲的，他们就是希望梦想与小黄能有一番作为，能有自己的一番事业！就像每一位伟大的父母一样，都希望自己含辛茹苦养育的孩子一样，但看到外面有利于自己孩子发展的机会时，他们会毫不犹豫把爱埋藏心底，狠心地将孩子推出去，他们知道孩子总是要独立成长的，总是要直面他们自己的人生的！这就是亲情的伟大，一种懂得适时割舍亲情的伟大！

现在他们更多地是思考着梦想与小黄的未来，思考着他们还能为梦想与小黄做些什么，多么伟大的两位主人，毫无自私自利之心，他们压根儿都没有因为梦想与小黄在自己的创业道路上是一个好帮手、好伙伴，现在它们离开后，电商的创业将变得更加艰难而人为设置障碍。

这时刻是来的如此之快，二哈星探的到来，使得这个时刻就成为了现实，分别的过程也是如此的短暂，短暂的都来不及让大家的情绪有所准备，小黄的主人都来不及掉眼泪，就看着梦想与小黄跟随二哈星探的房车呼啸而去。

是啊，有时觉得分别是需要很长时间的，可当分别来时的一刻也就短短的一两次拥抱或者握手的瞬间，你可以选择在电梯里做一次分别，或者在电梯旁互相的回眸，这就是分别的时刻！

人与狗的世界是不同的，可又是相同的！大家都是有感情的动物，难道不是吗？

梦想与小黄手牵手相拥在一起，迈进了它们狗生的一刻，也是与它们生活很多年的主人分别的一刻，它们是有多么的不舍，有多么的难过！

此刻梦想的脑海里往事历历在目。嗷嗷待哺时主人含辛

茹苦给自己喂进口牛奶、陪自己在公园玩耍、帮自己吹很帅的发型、还给自己买 blingbling 的脖圈、给自己戴最新款的 iwatch、给自己讲卖房子的故事、与主人一起去拔草开拓新房源、还有与主人围追堵截客户、与主人一起讨论电商创业的方案，嗯，电商创业的有领子 T 恤的方案还是自己定的呢！再说，主人电商创业又是如此坎坷，而此时被主人毫不留情逼自己离开，骂自己离开，是多么的无私与博大精深的爱啊！离开主人这一切的一浮现在梦想的眼前，这一的一切在梦想的脑海里盘旋。是啊，有多么的不舍。回想往事，事事清晰，梦想的眼泪在眼眶中转动，终于，忍不住夺眶而

人与狗的世界是不同的，可又是相同的，都是有感情的！

出，构成了一幅世界最伟大最感人的人狗情未了画卷！

　　小黄是更加不舍自己的主人，是啊，从英伦荔枝大学开始，小黄就是与主人在一起生活学习，一起躺在草地上玩耍数北斗七星、一起去骑马驰骋、一起装鬼吓唬人、一起去采摘荔枝、一起去贝加尔湖畔捡宝石、一起与主人回国发展事业、一起在公园里看着夕阳憧憬着未来、一起来到梦想主人之家碰到自己心爱的梦想、一起开始电商调研分析、一起开始电商创业，想到这里，小黄再也忍不住了，它想它的主人，不，它不愿意离开，它要保护好它的小公主，它不要离开小公主，小黄跳下了汽车，飞奔在雪地上，它要到它美丽的女主人身边，是啊，一朝一夕构建的情感就要分离，怎么舍得啊！世间还有比这个更绝情的吗？

　　梦想主人与小黄主人也很难受，他们一直在门口目送着梦想与小黄乘着房车飞奔而去，两人的眼泪止不住流淌了下来，是啊，这一分别还要等多久才能相见，没有他们的日子，它们的生活会过得怎么样呢？他们很是担心它们。

　　当看到小黄与梦想一前一后跳下车奋力向他们奔跑过来时，他们的情感彻底崩溃了，一起相拥而哭泣，紧紧地、紧紧地相拥着……

　　是啊，为什么要分别呢，可世间就有许许多多需要分别的场景，很多是无奈的分别，是不得不需要的分别，而分别也就将情感升华成为了一种思念！一种把爱埋藏在心底的永恒的相思！

　　这一幕感人的场景彻底感化了二哈星探，它心中为能找到梦想与小黄出演这部《勇士008》的男女主人公而感到自豪！是啊，做人与做狗都一样，都要做到有情有义！我们的电影就要为社会传递正能量，传递真感情，电影是来源于生活、来源于社会，就是要将生活与社会中好的部分精华的部分升华出来，让更多人追随这些精神，让这种精神能得于良性循环，这就是每个电影人应该遵循的职业道德！

　　二哈星探心里暗暗地为自己定下一个目标，那就是要让心底如此善良的梦想与小黄成为本世纪最伟大演员！

　　当二哈星探的房车再次停靠在门口时，大家都知道，这次是真的要别离了！真的是要在漫长的生活中靠相思维系彼此思念了。

　　终于，梦想与小黄为了自己心中的理想走了，是带着一种主人的祝福走的，这就是舍得小家为事业的一种胸怀！

　　是啊，我们来到这个世界上，是多么幸运的一件事情啊，我们总是要为这个世界去做一些有意义的事情的，如果能选择在更大范围内让这个世界变得更美好，能让自己为这个世界发挥更大的价值时，我们就得要有所舍得，这舍得就包含了牺牲自己小家、牺牲自我的舍得，这就是一种大爱无涯，为世界而生的舍得！

（本幕完）

太感人了！！
我一定要帮他们成为
最伟大的演员！

第五幕

星光大道

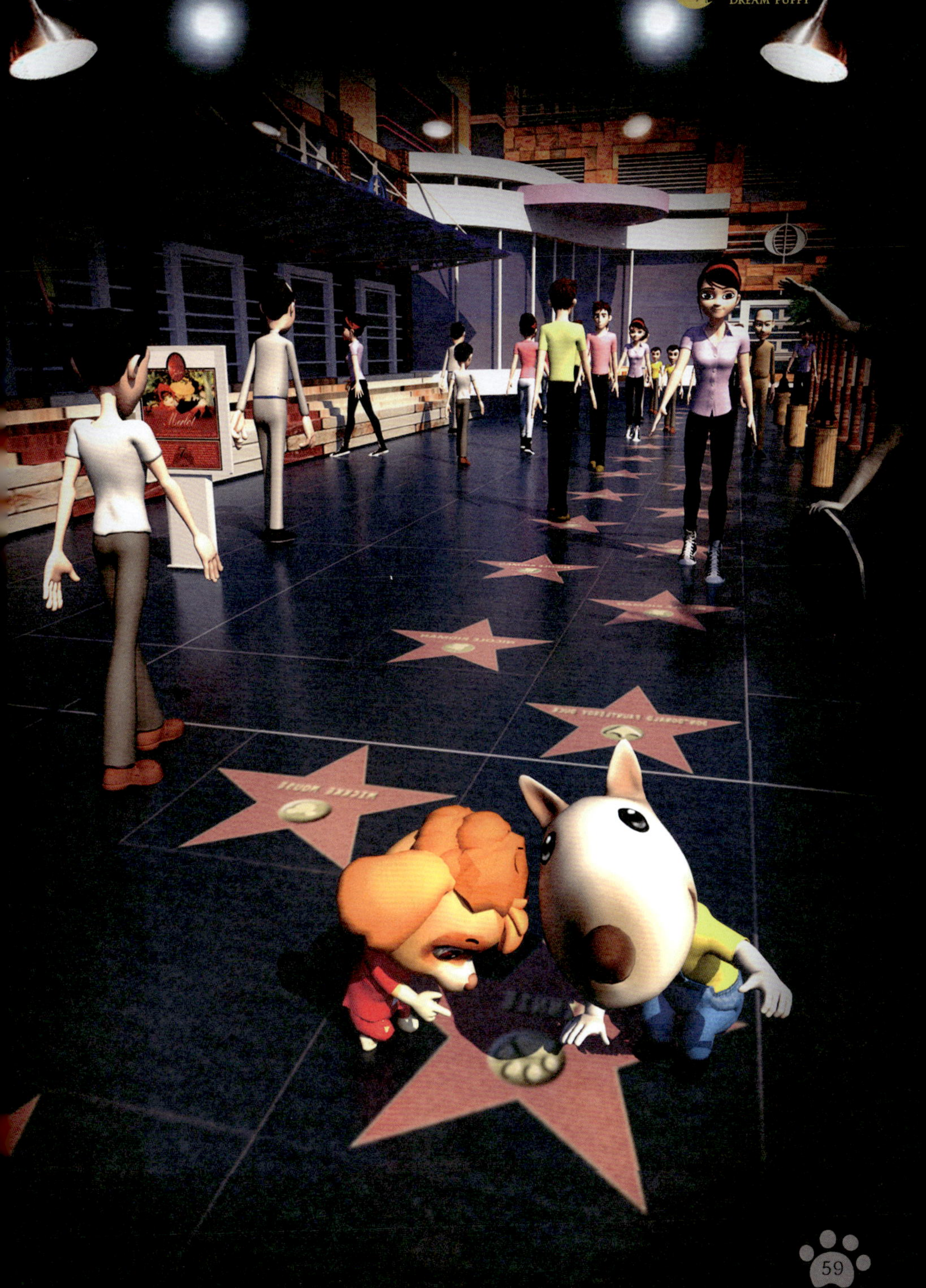

梦想旁白：

　　登上星光大道，是每一个明星梦寐以求的，能在米国好莱坞登上星光大道按上手印获得一颗星是很多明星毕生的追求。若能实现，那就意味着演艺事业的高峰，演技被观众所认可，意味着自己的努力获得了成功。

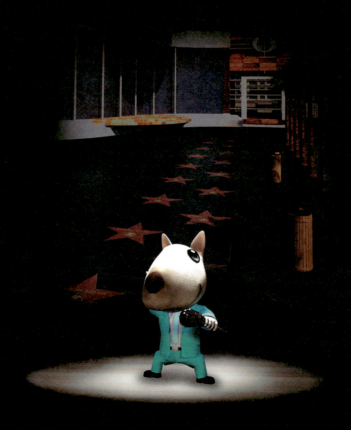

小黄旁白：

　　星光大道上印上一颗闪亮的星固然是要追求，但每个演艺工作者心里都应该有属于自己的星光大道，都应该有一个衡量自己成绩的一个专属星光大道，都应该在自己内心有一颗能照亮自己前行的明星，这也许更重要。

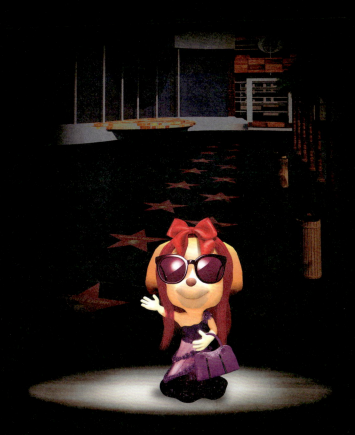

合声旁白:

　　星光大道。星光大道就是很多明星做梦要得到却总是在头撞倒地上一瞬间而看到星星的一条梦幻大道。

扫 描 二 维 码

欣 赏 精 彩 动 画

www.dreampuppy.cn

登录网站欣赏更多精彩内容

正剧：

　　哇，这就是传说的米国啊！太漂亮了，这里的海滩好美啊！还有好多棕榈树，哇，日落大道，你看你看还有火红的夕阳，我都要醉了，梦想赶紧扶我一把！

　　呵呵，你就是一个小黄姥姥进了大观园，你是一只小老鼠掉进米缸了吧！看把你高兴的！

　　难道不美吗？

　　美，你更美！

　　你看看，Hollywood 星光大道的这些脚印，都是大明星的唉！

　　是手印，不要乱讲！

　　小黄吐了下舌头，对我们来讲都是脚啊，一样一样的，

我们手足情深嘛！

梦想王子你快过来，快过来，你看看，这是不是斑点狗的手印？

是耶，跟我的脚印差不多，对的，肯定是这只世纪大明星的脚印，小黄公主我们也要努力学习，努力传播正能力，拍好戏，也要让我们的脚印印在星光大道上！

好的，give me five！deal！

你看，这里还有米老鼠与唐老鸭的脚印，哇，还有小熊维尼呢，厉害唉，我的小熊维尼！

星星点灯，照亮我们的前辈，我们要跑步向你们学习！跑啊！星光大道现在就要在每个五角星上留下我们的足迹！

星星照亮我们的前辈！
在星光大道每个五角星
上留下我们的足迹！

咦，不是说有几位大陆的华人明星也在好莱坞星光大道上留下手印的吗？我们跑了一圈怎么都没有找到呢？

小黄公主，你不要找啦，我昨天就做了功课了，目前，好莱坞星光大道上有明星手印的华人明星只有4位：黄柳霜、李小龙、成龙、吴宇森。

那不是很多媒体炒作报道说有几位明星，好像还有一位穿了什么服装引起轩然大波的明星也在好莱坞按了手印了吗？在国内是新闻满天飞啊？

那是媒体在蹭好莱坞星光大道的新闻热点，那不是在星光大道上！是在好莱坞中国剧院留的手印！中国剧院位于星光大道上，很容易让人混淆，但中国剧院是私人财产，而星光大道是属于市政道路，归洛杉矶政府所有！

啊，原来是在蹭热点啊！

是啊，当时还有一位明星在微博上说做这种秀太愚蠢呢！还说眼里没有观众和同行呢！是在开国际玩笑呢！

呵呵，那真是误导观众的一次搞笑的报道。

是啊，小黄公主你知道吗，在演艺圈就是这么真真假假，假假真真，我们要当心被不良媒体陷我们于不义之中，我们一定要如履薄冰，小心做好每一点！

嗯，我们要做到清者自清！给现在复杂的影视圈注入一股小清流！

好，我们拉勾！两颗幼小的身躯都藏有一颗纯粹的心，年轻真好！

那，你知道这个中国剧院的手印是怎么来的吗？

我不清楚，怎么来的啊？

在 1927 年，当时的默片明星诺玛·塔尔梅奇无意一脚踩到了湿水泥地里，留下的脚印让中国剧院当时的老板哥劳曼看到了商机，包括诺玛·塔尔梅奇在内的明星都被要求留下印记，这得到业界的注意，也成为中国剧院的特色活动，并作为传统保留下来。是不是这个剧院的老板很聪明，有生意头脑？

是啊，看来这个演艺圈都是跟挣钱有关的啊！

是啊，现在的演艺圈为什么有这么多人都想挤进来呢，就有很大的一部分人是为了能挣到大钱，能挣到足够风光的面子而挤进来的，甚至有很多人为了能成为大明星，为了票子与面子连脸都不要了，都送上房门去被导演潜规则了！

啊，这么可怕啊！那我们怎么办啊？我们可是刚刚踏进来的菜狗啊！那是不是也要被什么金毛导演潜规则啊？

不会的，我们首先要有一身浩然正气，苍蝇是不会叮无缝的蛋的，再说还有我呢，谁要是欺负我的小公主，我一定咬死它，看谁还敢！

嗯，这很汪汪汪！

现在很多时候是僧多粥少，演员像牛毛一样多，可出名的机会也就这么几个，所以很多制片人与导演握有资金拍摄电影时，就有了金钱与角色的分配权利，有的不良导演就利用这分配权去做一些下三滥的勾当，有的就威逼利诱女演员陪自己上床、有的就巧取豪夺与演员幕后分账中饱私囊。

啊，还有这些幕后交易啊，那为什么这些演员要答应啊？

是啊，演员是可以不答应的，泡菜国家的一位女明星在被多次潜规则后就选择了自杀。可有的演员为了能快速上位，能快速脱颖而出，就选择了"脱"颖而出了！其实很多演员也想公平竞争，也想拼演技能堂堂正正脱颖而出，可碰到这个肮脏的导演时，她可能也无力与其抗争，有的演员已经从专业院校毕业演了很多年的戏了，已经很拼搏了，可还是默默无名，但她们碰到这样的选择时，她们是多么的无助，连一丝的呐喊都无力去抗争，一方面是星光璀璨的主角与未来可能的大明星，一方面就是自己在苦苦挣扎在二线三线就是不上线，这就是现实的社会，她们又能怎么办呢？有时，她

们只能选择前者！

　　唉，可怜的演员们！看来这个圈挺复杂的，有复杂的事、有复杂的人，还有复杂的选择。

　　当然，我们也不用悲观，我们要相信二哈星探临走时跟我们说的一番话，跟随自己的内心踏踏实实一步一个脚印儿做演员，永远不要为了名利出卖自己的灵魂！

　　嗯，我们一定不能为了名利出卖我们的灵魂，我们一定要依靠我们自己的实力在星光大道上留下我们璀璨的名字与足印！一定要相信这个演艺圈大部分是好的！是为了艺术而在打拼的，我们经常看到好多老艺术家都光明磊落拼搏了一辈子了，他们是如此自律自爱，值得我们学习！

　　是啊，没有什么大不了的，了不起我们还回去与主人一起快乐地送快递，你追我赶的也挺开心的！

　　不知道现在主人们怎么样了，他们一定很想念我们！

　　是啊，我们只有在外面好好学习，努力拼搏，我们有了好的成绩，主人们一定很开心的，小黄公主你说呢？

　　嗯，我们好好的，主人就高兴了！主人跟我说，在外面累了就回家休息，家永远向我们敞开！

　　多好的主人啊！我们以后一定要对主人好！来小黄公主我们一起在日落大道上比赛吧，让我们撒丫子奔跑吧！

　　好啊，谁怕谁！小风吹、战鼓擂，这个大道谁怕谁？

　　来，预备跑！

　　你这个坏梦想，你欺负我，你先跑了！

你追我啊！呵呵，你追不到哦，快点追哦！

你个梦想你等着，看我追到你怎么收拾你！

……

（本幕完）

第六幕　学习

梦想旁白：

　　学习好啊，能学到好多自己不具备的知识，在这个知识快速变迁的时代，不学习就会被这个时代所淘汰，专业知识的学习更是如此，当我们要从事不同专业时，一定要到专业的学校或者跟专业的老师去学习，当然你也可以通过书本去自学，或者你干脆通过电脑去拷贝知识，但，前提是你脑子里要有芯片，你是一个变形金刚。

小黄旁白：

　　学习主要是要去学，是学习者自我觉醒有目的去学习的一种行为，而不是被动没有目标没有源动力的一种为了所谓的文凭去学习。但现实的情况是，很多学习者往往都不知道是为什么在学习？是为谁在学习？学习完了又要干什么？又能干什么？

合声旁白：

　　学习。学习对有些人来说就是一种掩盖自己罪恶本性一不小心让自己变得道貌岸然的一门科学。

扫 描 二 维 码
欣 赏 精 彩 动 画
www.dreampuppy.cn
登录网站欣赏更多精彩内容

正剧：

　　开学了，梦想与小黄都在同一个专业、同一个班，本来梦想与小黄是要被分到不同的班级的，由于梦想与小黄的坚持，找出很多理由的坚持，比如，二狗要培养感情，因为它们要出演同一部戏，而且是男女主角的感情戏，所以要培养感情；再比如，二狗都来自东方，都喜欢用五笔字型打字做作业，而公司只配发了一台笔记本等等，巴啦巴啦说了一通。

　　呵呵，其实边牧导师虽然头发时不时遮住了眼睛，可导师就是导师，头一甩耳一竖就明白了，两狗感情很深嘛，而且梦想还不放心自己的女朋友，是啊，太多帅哥了，就来了个成狗之美、顺水推舟就答应了！

　　这不，把梦想与小黄美得差点就蹦起来了，梦想还悄悄

得跟小黄说，你看还是我聪明吧，我在分班时就预料到了，所以我叫你不要带笔记本，我聪明吧！

嗯，你是谁啊？是我的梦想帅哥，那聪明是杠杠的，那是必须的！

那你悄悄地亲我一口呗！

做梦，你看到吗，旁边的秋田犬正在虎视眈眈瞪着我们呢，不要讲话！

嗯！

同学们morning，边牧导师甩了一下头，拨开了一缕青丝，今天我代表好莱坞明星大学欢迎大家！欢迎大家能来到我们这所培养很多璀璨明星的大学学习专业知识，大家可能已经知道了，我们狗狗圈最有名的明星斑点狗亨利、秋田犬爱丽阿朵都是从这里毕业的！

哇，汪汪汪、嗷嗷嗷，啪啪啪掌声与欢呼声响起整整有十分钟之久！连远在5英里以外的Beverly Hills购物街都听到了，吓得购物客四处逃窜，他们都以为是斑点狗又来打劫了呢，很好笑的是有一个带着仓鼠正在悠闲逛街的贵妇人都被狗的狂叫声吓的摔了一跤，把手臂上的仓鼠都甩到树上去了，仓鼠也不知道发生什么，正在悠闲吃着坚果磨牙呢，冷不丁被甩到树上，还听到狗一阵狂叫，以为发生地震或海啸了，吓得半颗坚果也从嘴里掉了，于是蹭蹭蹭一溜烟跑得无影无踪逃命去了，害得这个贵妇满大街找她的宝贝仓鼠！

好，同学们安静，唉唉，这位二哈同学请不要撕讲义。

　　大家都注意到原来二哈同学在高兴时跳到了桌子上连吼带闹连撕讲义，你撕讲义就撕讲义呗，可你到是撕自己的讲义啊，你不能放着自己的不撕，去撕人家同桌吉娃娃同学的讲义啊！

　　吉娃娃只顾鼓掌了，还没有注意到二哈同学把自己的讲义给撕了个稀巴烂，这下可不答应了，腾地一下就窜到桌子上了，一下咬到二哈同学的尾巴了，疼得二哈嗷嗷怪叫。

　　大家都哄堂大笑！

　　好了，同学们安静，安静！我们继续上课，二哈同学把自己的讲义给吉娃娃同学，课后到我这里再拿一本。

　　哇，梦想，还是米国的导师好啊，这都没有发火！

　　这是释放同学们的天性，我们的导师厉害，这是刻意不把我们教成一个样子，是在塑造我们自我！

　　同学们，刚才大家都很羡慕我们学校毕业的这些大明星同学吧！我相信不久的将来，大家也会成为有建树的大明星的！

　　大家一定会想，那，如何当一位大明星，今天第一节课我就和大家一起讨论，如何当一位大明星。

　　大家先说说，如何当一位大明星？

　　大家谁先说说，梦想与小黄一起举起了爪，很多同学都举起来爪了。

　　非常好，边牧导师甩了甩头发说，其实在大家的心里都已经有了一个做好明星的标准了，这非常好！我看刚才二哈同学非常激动，那我们是不是先请二哈同学发言啊，大家鼓掌！

二哈正在疼得龇牙咧嘴流口水呢，冷不丁被导师与大家鼓掌要求首先发言，赶紧咽下哈喇子，满脸通红地说，我认为当大明星一定要会表演，要具备表演的基本功，你要演什么像什么，要把角色刻画到位有特点，在观众心中留下难以磨灭的痕迹！所以我们要扎实学习基本功，首先要做一名会演戏的演员，然后一步步成为大明星！

同学们都为二哈实在的发言鼓掌！

非常好，刚才二哈同学说的非常对，我们首先要做一名会演戏的演员，这对每个同学来说都非常重要，我们可千万不要将来毕业了被观众说是一个没有演技的花瓶、摆设！演员就是要演戏，要演好戏，这是我们的职业。

还有谁来发言，好，吉娃娃你铁齿铜牙刚才很厉害，你看看咬的二哈同学疼的一直流哈喇子，那下面就你来讲讲。

好的，吉娃娃尖尖的小嗓音飘进同学的耳朵了，我认为当一个大明星首先要有大明星的范，要会神奇的化装术，还要穿的得体优雅，这样才能得到观众们的认可。

嘘、嘘……

同学们不要嘘你们的吉娃娃同学，我认为吉娃娃说得也非常对！

啊！这都对啊？

是啊，这么赤裸裸注重虚荣还对啊？

　　同学们听我讲，我们每个演员，都会要出演不同角色的，所以我们要会化装、要会穿符合角色定位的服饰，这也是做演员做明星的一个基本功。

　　不对，梦想再也忍不住了，腾地站了起来，边牧老师，刚才吉娃娃同学讲的可不是说演员演戏时，它说得可是不在演戏时要用外在演戏，你个虚荣臭美的吉娃娃，玷污了课堂！你光要脸、光要衣服，没有素质、不会演戏还当什么演员，你不配在我们这里。

　　哇，吉娃娃都被梦想一连串的数落呛哭了，我就是说要打扮一下，打扮一下怎么啦，哇，我也没说不要学演技啊，不要素质啊！哇……

　　好了，大家这是理解上的偏差，那既然梦想站出来了，那就请梦想讲讲，如何当大明星，我们一起欢迎！

　　小黄使劲地鼓掌！小黄知道梦想的发言一定很精彩的！

好的，尊敬的边牧老师、尊敬的各位同学，还有吉娃娃同学，我先为我冲动的言语说声 sorry！

我来说说如何当一名大明星，我认为不管我们是当大明星还是当小演员，首先具备 artist morality，也就是我们的艺人道德——艺德。

想成为大明星，首先要定位自己是一名演员，虽然说不想当大明星的演员就不是一个好演员，可我们首先要脚踏实地使得自己成为一名演员，这样才能有可能是一位大明星！

连一名合格演员都不是，就想当什么大明星，简直是自欺欺人自取其辱！

现在某些演员，戏没演几部，明星谱倒是摆的比谁都大，出门车接车送、还自己聘请几个五大三粗的保镖与助理，口罩墨镜自己打扮得都不认识自己了，前呼后拥的招摇摆谱，你以为你是谁啊？你拿下你的口罩，摘下你的蛤蟆镜，赶走你的保镖与助理，你在北京 T3 航站楼站站试试，你丫站上一天，看看谁会理你，你丫就是一个谁都不认识的主！

我们做演员首先就是要学会做人的基本要求，我们要具备一颗常人都应该有的道德心，在这基础上，你还要提升自己的道德修养，你还要比一般人有更高的道德素养！我相信很多同学会问，那，为什么我还要具备比一般人更高的道德修养？

是啊，为什么啊？杜宾同学问。

因为我们是演员啊！我们承担的不仅是要演好戏，还有当我们当演员之日起，我们就兼顾了另外一个角色，那就是公众人物的角色。作为公众人物我们就得有更高标准去要求我们，因为我们的一举一动都会让很多人模仿与学习，特别是世界观与人生观还不成熟的年轻观众，这样我们就要起到表率作用，试问，如果我们的道德素养还没有普通观众普通粉丝高，那我们怎么去引导他们？如果我们的道德水准还比他们低，还违法乱纪，还吸毒嫖娼，还被朝阳群众举报，那我们岂不是成了道德败坏的引领者了，历史的罪人了？

边牧老师带头鼓起了掌声！掌声、呐喊声、汪汪汪声又是响彻学校……

好啊，终于让我找到了，原来这鬼哭狼号的狗叫声就是来自这个学校的，丢了仓鼠的贵妇冲到了教室，你们还我仓鼠！

大家正在被梦想精彩的发言欢呼时，一个披头散发打扮妖艳的女子冷不丁出现在教室门口把大家吓了一跳。

就是你们的号叫声把我的仓鼠吓跑的，你们帮我找找我的仓鼠宝宝！贵妇在教室里咆哮起来了。勇猛的藏獒可不答应了，嗷的一声，从最后一排位子蹿到了教室前面，把咆哮的贵妇人吓的魂都丢了，我的mother啊，这是什么鬼啊，还有狮子上课啊，一溜烟跑了，高跟鞋都跑不见了！

（本篇完）

第七幕　公众人物

TODAY'S LESSON

$1+1=3$
$\sqrt{2}=5$

PIRLA CHI LEGGE!

IMPORTONS

W MENTAL RAY!

HOW... DRESS

WE ♡ MAYA & MENTAL RAY..!

梦想旁白：

公众人物，一般认为公众人物就是一直出现在公众面前，给大家展示良好形象，展示自我高尚修养榜样人物，通俗讲就是一举一动有示范效应的人物。

小黄旁白：

在网络时代、在自媒体时代，公众人物就出现了两极分化了，一方面是大众化媒体有目的地筛选过滤过的公众人物，一般都是正面化的人物，他们是这样的：啊，我从不使用一次性塑料袋，从不，我们要环保、要环保！另外一方面是通过网络化自媒体化进行丑化娱乐化自我，刻意夸张表现自我而赢得他人关注的一种所谓的公众人物，她们一般都是这样的：我要考上哈佛、一定要考上哈佛，找到未来的世界首富做我的白马王子，微软的老板吗？哦，已经结婚了我不要；如果，如果实在考不上，那就委屈一下自己去对面的麻省随便读读，随便读读，哦，找不到世界首富那就找个世界最有思想的钢铁侠嫁了吧！

合声旁白：

　　公众人物。公众人物就是在公众面前往往装腔作势，在金钱面前往往低三下四的小人物。

扫 描 二 维 码
欣 赏 精 彩 动 画
www.dreampuppy.cn
登录网站欣赏更多精彩内容

正剧：

今天我们来讲明星与公众人物。同学们上堂课大家都表现得非常精彩，我们的藏獒同学的吓唬人的表演手法运用的恰到好处，炉火纯青，把这个不讲道理丢了仓鼠的贵妇人吓得还丢了鞋，有了喜剧效果！

上堂课，我要特别表扬我们来自东方的梦想同学，它用东方的儒家思想来思考如何考量大明星，将大明星或者演员放到了公众人物的层面了，让我们的演员都要从尚德的公众角度来做人与做演员，梦想同学的演讲讲的非常出色，值得我们大家去深思。那下面我就讲讲明星与公众人物。

我觉得大家到好莱坞明星大学，肯定是想成为一代明星的，想成为一代娇子的，那大家可能还没有来得及思考，我要成为什么样的演员，什么样的明星，是让大家敬仰的一代巨星，还是马上就会被时代所忘记的过往云烟呢？大家肯定答案一致的，那就是希望自己未来会成为一个有影响力的大明星！可大家有没有思考过这样一个问题，当你成就越大时也就是离大明星越来越接近时，这时你的影响力也就越来越大了，这时你已经就不是你自己了，你已经是一个不折不扣的公众人物了。

大家可能思考过如何当好明星，正如同学们所说的，要演好戏，有扎实的演戏能力；要有与角色相符合的化装术、道具术等等，可这些只是我们当好演员的基本要求！

但，我们要如何当好公众人物？可能大家思考的比较少，或者说还没有概念，有的同学可能以为仅仅是请几个保镖、请几个助理，甚至是雇一些粉丝围绕就是公众人物了，如果这样想那你还是只停留在想出位的层面了，其实要当好一个公众人物是一门非常重要的学问，要比做一个演员拥有好演技难很多的一门学问，也是我们要当一个好演员、好明星最重要的一门课！

啊，这么难啊！小黄悄悄地跟梦想说道！

是啊，做事先做人！我们认真听边牧老师讲！

小黄悄悄吐了吐舌头，冲梦想扮了一下鬼脸！呃！

这也就是我们今天为什么要放到这个学期学习的第一门课，也是学分最高的一门课！请同学们一定要认真学习，培养公众人物的必须具备的素质！

好，下面我先讲作为一位公众人物首先要具备一个字"善"！"goodness"，莎士比亚有一句名言说得非常好"Virtue is bold, and goodness never fearful. "，东方的孔子也有一句名言"善不积，不足以成名"。

可见，这个善字是多么重要，作为公众人物，只有我们内向善，我们身上时时处处散发出善良的光芒，在照耀自己的同时，也照耀了千千万万瞩目自己的观众与影迷！让大家都积善行德，那就真正在促进这个社会进步，促进这个世界和平！这也是我们公众人物首先要做到的事情！要承担的终生责任！

那很多同学就要问了，那怎么样才能做到"善"呢？

是啊，边牧老师，我们怎么能学到"善"呢？

善者要从小处学习，一点一滴的学习善，你不要贪图你一下子能成为一个善家，你要从身边学习。你可以从孝顺你的长辈、尊敬你的同辈、爱护你的小辈开始行善，比如你主动去帮需要帮助的人，当然你可以在机场或火车站帮老年人拎包，你也可以做公益事业。

边牧老师，那老年人是不让我们拎的，他们怕我们是小偷，把包拎跑了。藏獒在最后一排嗷嗷说道。

不会的，俗话说得好，相由心生，既然你已经与人为善了，那一定不会像现在这样虎视眈眈看着人的，你会很

积善行德，是公众人物要做到的事情！要承担的终身责任！

放生

gentle 的，来，你现在试试，温柔一点，再温柔一点，嗯，现在是不是很好了，是不是人见人爱了。

讨厌的家伙，我才不爱呢，长得怎么五大三粗，还不修胡子，冒充狮子啊，讨厌。吉娃娃在这边嘀嘀咕咕的。

好的，刚才我说到的是我们公众人物所必须具备的"善"，希望以后大家都多多为善。做到善待自己、善待家人、善待他人！

大家热烈鼓掌欢呼……

嘘，大家小点声，免得又将仓鼠吓跑了。

大家哄堂大笑。

第二点，我要说的是公众人物还要有"德"，"moral"。

哲学家康德说过这样一句名言："Only two things in this world so that our souls are deeply shocked.First, our brilliant stars overhead. First,our hearts lofty moral laws."

伟大的中国思想家老子也有一句名言叫"上善若水，厚德载物"。作为一个演员，一个明星，一个公众人物，你一定要起到表率作用，你的"德"就要超越普通人！

哇，边牧老师懂得真多，连我们来着东方的都不清楚，他这么知道的怎么多？

嗯，边牧老师很博学，不然怎么能当我们的导师呢？

大家觉得很高深吧！我们也可以分解一下这个"德"：

我觉得首先大家也要从基本开始，大家要学习法律，在法律的框架内大家掌握什么可以做，什么不可以做，这是最基本的要求，就是大家都不能触犯法律。如果一个公众人物触碰了法律，那他的公众人物的职业生涯就结束了！大家千万要注意的这一点，我们好莱坞明星大学有一句名言请大家记在心上：你可以不伟大，但你一定要遵守法律！

嗯，说得有道理！梦想你一定要记住哦！

嗯，真好，这所大学教给了我们做演员与做人的基本素质！

这条是做演员与做公众人物的底线，如果这条都做不到，那你就只能做阶下囚了！现在有一些明星自以为已经很红

在法律的框架内掌握什么可以做，什么不可以做，这是最基本的要求！

法律

了，就忘乎所以，打架斗殴，吃喝嫖赌抽五毒俱全，结果呢？被逮进去了，好像中国就有被民众举报逮进去好几位明星！

是的，是觉悟高的朝阳民众！梦想喊道。

哇，这个厉害哦！所以大家一定要在事业上升期时，不要忘记法律，千万不要得意忘形，不然时候一到立刻就报！前边的一切努力就付之东流了！当然，有极个别的能东山再起，但，那能有几个呢？

大家知道为什么吗？因为明星是公众人物，是传递正能量的人物，谁愿意将天天嫖赌、吸毒的人物奉为榜样呢？谁愿意青少年学习这些呢？这些，公众是有自己的道德评判与要求的，公众的内心是与生俱来是向善的，潜意识里是对自我有很高的道德要求的！

其次，要做到有一颗感恩之心。你要提高你的德，就要学会去感恩，你要感恩你的父母的养育、感恩你老师的教导、感恩提拔你的导演制片、更要感恩你的粉丝支持、还要感恩你社会与国家，只有懂得感恩，你才具备德的品格！

再有，你要时时刻刻都要有正能量，作为公众人物你首先要有一种健康乐观、积极向上的动力和情感，要发自内心给人健康、阳光、催人奋进、充满希望的正能量。以正能量影响人，催化人，让人感到春风拂面，能温暖人心！

对，我们要做正能量满满的好演员！

嗯，还要有一颗感恩之心，要报答我们的主人，请我们的主人到好莱坞玩！

　　最后我还要跟大家说一点，也是你们将来作为公众人物所必须要做到的，那就是"勤"，"diligence"。大家都知道这句吧，"Diligence is the mother of success."勤奋是成功之母。作为公众人物，你首先要成功，你要成为偶像，你要从千千万万的演员中脱颖而出，这样你才能成为公众人物，才能有足够大的影响力，才能通过自己的努力一点一滴影响社会、影响世界，让世界变得更美好！这就是公众人物的社会影响力！

　　如果你自己都不努力，不去拼搏，你就不可能获得成功，那大家还跟你学什么呢？所以大家要勤奋，要做到自强不息！你一定要有一颗为世界美好而拼搏的心！

　　这次的掌声与呐喊声真的是响彻好莱坞、响彻洛杉矶、响彻米国、也响彻的这个美丽的世界！

（本幕完）

第八幕 明星经济学

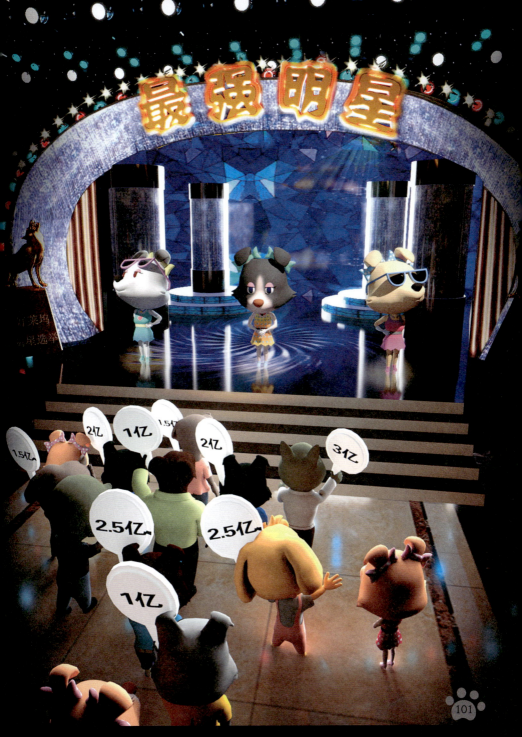

梦想旁白:

　　明星经济学,说白了,就是你首先要成为一个明星,然后你就要去创造票房,创造粉丝,这样你就可以挣钱了,挣多了钱你就有经济价值了,什么需求、供给统统都是废话,挣钱就是硬道理。

小黄旁白：

　　明星经济学，有两层意思，一层就是明星，一层就是经济，二者正相关的一对好兄弟，明星是经济发展中的一个组成部分，而经济是促使明星能成为明星的一个手段。二者互相循环就构成了明星经济学。

合声旁白：

　　明星经济学。明星经济学就是明星花钱如流水，而你花钱很经济的一门高深学科。

扫描二维码
欣赏精彩动画
www.dreampuppy.cn
登录网站欣赏更多精彩内容

正剧：

一直以来都有人质疑明星很好挣钱，明星一天挣的钱超过一个科学家获得国家科学最高奖的奖金，这个社会明星不生产商品，不创造物质财富，不促进社会物质进步，挣钱却很好挣。大家是骂声一片，特别是看到很多明星花钱如流水，一场婚礼花几个亿时，更是骂声鼎沸。我们今天与同学们要讨论的就是明星经济，大家对这次旷日持久的辩论怎么看，大家可以各抒己见，畅所欲言，我们好莱坞明星大学就是一所在互相辩论中让大家有一个自我判断自我成长的一所开放的大学，大家可以毫无保留地把自己所想表达出来。

谁先讲？

好，今天我们就请非常美丽的东方女子，英伦小黄来先讲，来大家欢迎！

梦想深情地看着小黄，带头开始鼓掌！

边牧老师好，大家好！我觉得明星是跟经济分不开的，明星经济是经济发展的一个部分，跟其他行业一样，都是促进社会发展的一个部分，为什么很多人看到明星挣很多钱就有很多抱怨，很多牢骚呢？我个人与梦想认为，因为他们不是明星，他们没有挣到钱，他们不光是对明星挣钱有意见，他们对谁挣钱都有意见，大家说是不是啊？

小黄深情看来梦想一眼，是吧，我的大帅哥？

是的，小黄说得非常对！

我觉得，只要是靠自己努力挣到的钱，靠正道挣到的钱，没有偷税漏税挣到的钱他就是促进了经济的流通，促进了经济的发展！是吧，梦想帅哥？

是的，我们家的小黄说得非常高！

所以，我们在座的各位要靠自己的努力去挣钱，挣钱是光荣的，米国现任总统都演过很多部戏呢？据说还是一位高产演员，出演过 43 部电影和电视剧呢！边牧老师是吧？

是的，小黄同学说得对！有《小鬼当家》《超级名模》《欲望都市》等等知名电影，总统还挺帅呢！

现在的网络时代，商业发展越来越透明，给大家的机会都是平等的！我们只要有足够的智慧、足够的努力，就会有很多机会！

不对，小黄同学说得不对，那为什么富二代就挣钱容易呢，就可以一次酒会花几百万呢？

吉娃娃同学说得也对，当然，对某些富二代来说，他的资本金起点是不同的，可人家有富一代的爹啊？那你就不能怪自己爹了，如果你不努力，将来你儿子也会怪你的。那你怎么办呢？你只有通过自己的努力，让自己的儿子成为富二代，这样就公平了！是不是吉娃娃同学？

嗯，也对，我们没有富一代的爹，那就要自己努力，让儿子成为富二代！

吉娃娃你有儿子啦？你已经结婚了吗？二哈激动地问道。

谁有儿子啦，你才结婚了呢！人家还是黄花闺女呢！

哈哈哈，众狗们哄堂大笑！

我们的社会所有的公平都是相对的，我们明星也是一样，有的父母是老一代艺术家，也是明星，那他的子女进演艺圈相对要容易些，但只是进的门槛比我们低些，最终他能不能成为大家认可的明星就不一定了，现在的观众可不是吃素的，是会用脚投票的，你演技不好，你人品差观众就逃之夭夭，不来看你的电影，不给你点赞，那你最终就会被观众淘汰！

大家说是不是啊？

对，梦想的媳妇说得对！

讨厌，你们一帮家伙！好你个小斑点狗，你也瞎叫！大家想不想知道一个秘密啊？

想，想，赶快告诉我们吧！

求求你，小黄同学，你不要讲！小斑点狗有点紧张。

呵呵，现在已经来不及啦！边牧老师，我能不能说说小斑点狗同学？

可以，你说吧！你是不是知道它有几个斑点啊？

好的，不是的，边牧老师，我现在告诉大家，你们猜猜我们的小斑点狗同学是谁啊？我来告诉大家吧！它就是斑点狗亨利的儿子小亨利！

啊，原来是星二代啊！同学们都齐刷刷看向小斑点狗同学，厉害哦！原来有这么厉害的老爹啊！

搞得小斑点狗很不好意思！我可是自己过来学习的，我爹都没有帮助我，你们看我的手，都是老茧，这都是我这假期在唐人街洗盘子泡的。

啊，你有这么厉害的爹还怎么拼啊？是你爹不喜欢你吗？

不是的，我们都很独立的，我们满了3岁就直接独立了，就得自己挣钱买口粮。自己打拼自己的世界才有意思呢！狗一辈子也就短短的十几年，我们要自己去拼搏，享受拼搏的过程不是更有意思吗？

大家热烈地鼓掌！是啊，狗的生命更短，就更要享受时光流逝的过程！

好，小黄讲完了吧！讲得非常好，还顺便讲了一个励志的星二代故事！大家给两位掌声！

大家的掌声搞得两位都不好意思了！

下面请秋田同学说说明星经济吧！大家鼓掌！

谢谢大家的掌声、谢谢老师！我觉得明星经济也是创造了物质财富的，只是明星创造的财富是非物质财富，是精神物质，也是一种促进经济发展的物质，用现在网络时代的说法就叫虚拟物质，只是这个虚拟物质有别于实体物质，但他们都是物质文明的一部分，就像语言与文字流传到现在，跟树木煤炭流传到现在是一样的，都是不可缺少的！所以我们首先在肯定明星也创造了物质财富的同时，我们明星经济就可以迎刃而解了，他就是经济组成的一部分！另外，明星经济从另外一个角度说也是拉动了经济，我们明星与演职人员的吃饭、住宿、租赁场地、交通等等它本身就是在刺激消费、本身就在促进物质流通，还有一部电影或电视剧的周边衍生品，大到像主题公园，小到像玩具，这些就是明星带来的物质经济。再比如我的同族先辈忠犬八公先生，现在还在日本为日本旅游产业做贡献呢！每天都有很多游客专程过来看忠犬八公的雕像，这是不是也促进了经济的发展啊？

　　非常好，秋田同学的发言也很精辟！大家鼓掌！

　　下面我来给大家再说说吧！

　　刚才小黄与秋田同学从两个层面分析了明星经济，小黄讲了我们明星就要挣钱，要光明正大挣钱，挣到钱了经济就发展了；秋田同学从物质层面与影视衍生品角度分析了明星经济确实是经济的一个部分，都分析到位了！非常精彩！看来同学们都是一帮有思考有智慧的同学！

　　我要说的就是，明星经济它是一直以来存在的，是伴随

我们社会发展就一直存在的，是不随我们意识的转变而转变的！那，为什么最近几年很多批评声出现了？我觉得主要是以下两个方面造成的：

一、明星现在的地位高了。我们社会已经快速进入了马斯洛需求理论中爱和归属需求的阶段了，人们不仅仅是满足生理需求了，而是要满足精神需求了，这就造就了对影视产业的火爆，造就了明星的地位与收入提高了！而明星地位与收入突然提高了，就引起了与普通民众较大的贫富差距了，这就产生了批评与谩骂现象的出现；

二、供需关系矛盾加剧。民营电影公司与国有电视台为了占有相对垄断地位，导致竞争加剧，而被观众认可的明星稀缺，这样就导致和制片方拍摄方的供需矛盾与不平衡，明星是供不应求，大家都去抢大牌明星，导致明星坐地起价，片酬越来越高，有的明星拍一部电影收入都几百万、几千万美金，甚至有的国家一个明星奔跑一天都上百万美金，而超

明星地位与收入越来越高，与普通民众的贫富差距太大！

明星收入

高的收入导致一小部分明星就开始耍大牌了，这就更加加剧了对明星的批评，加剧了对明星经济的批评！加剧了对国有电视台国有资产流失的批评！

好啊！边牧老师，那我们将来收入会不会越来越高啊？我可不管什么批评不批评，我只要挣越来越多的钱！金毛同学问道。

不会的，我想，在未来，随着世界经济发展的减缓，网络时代产业调整的加剧，娱乐产业的多元化兴起、国有电视台去过度娱乐化带来的舆论导向的变化，将会使明星离谱的高收入局面发生变化的！

啊，我们这代怎么这么倒霉，那我们未来收入就不行了！

金毛同学也不要悲观，实在不行你就拔你几根金毛！梦想调侃道。同学们哄堂大笑！

呵呵，金毛都忘记了我们的使命了吧，我们的使命就是要拍出大家认可的作品，而不是一味考虑挣钱，我们不是纯粹的商人，我们一定要记得我们是文艺工作者、是为观众创造好作品的艺术家！这一定请同学们不要忘记了！另外，明星挣钱天经地义，你挣多少都是合理的，但也请明星要注意你是一个公众人物，要做公众人物应该做的事情！

老师说得好，我们一起鼓掌！大家都发自内心为老师的境界喝彩欢呼！

掌声欢呼声响了很久很久！

（本幕完）

第九幕 艺名

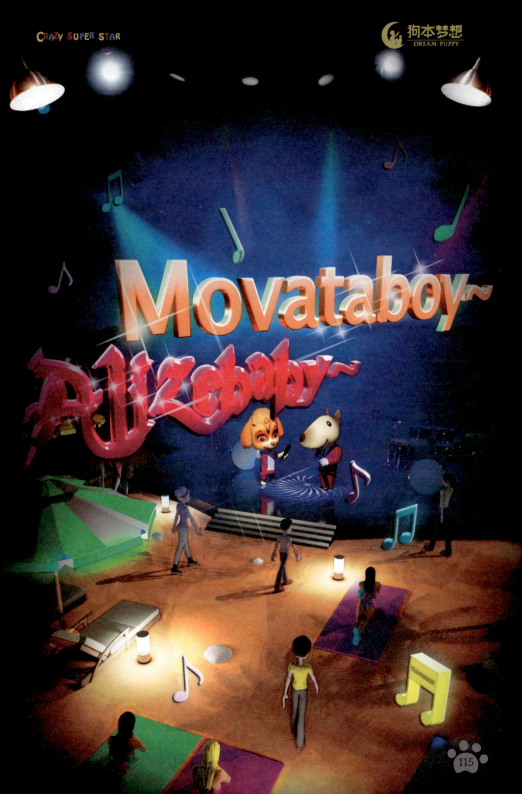

梦想旁白：

很多明星都有艺名，无外乎是让大家记住艺名而忘记自己很难记或者很普通的本名，所以明星的艺名都很洋气，都很响亮，至于本人是否洋气，是否响亮就无所谓了。

小黄旁白：

　　明星取艺名也可以理解，毕竟人家是要靠自己的品牌来打天下的，艺名跟商品一样，你有个响亮洋气高大上的名称就可以从众多商品中脱颖而出了。至于你赋予艺名什么样的内涵和品牌影响力，那光一个好听的艺名是远远不够的，还需要通过自身与团队努力去塑造自己的品牌！

合声旁白：

　　艺名。艺名往往就是自己艺术不够，而拿名来凑的一种把式。

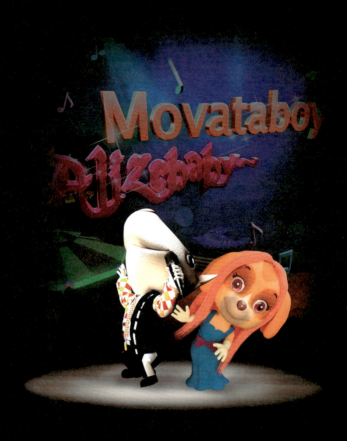

扫 描 二 维 码
欣 赏 精 彩 动 画
www.dreampuppy.cn
登录网站欣赏更多精彩内容

正剧：

哇，加州的沙滩真美，我多想一直在这沙滩边上晒太阳！梦想，我们好像都在这里三个多月了吧？

是啊，我们在这里一晃都超过了三个月了，学习生活让我们每天都忙忙碌碌学习，学表演、学唱歌、学舞蹈，要学的知识真是太多了！

对啊，当一名演员看起来很不容易，要掌握的知识真是太多了！唉，从演员到明星还要走很漫长的道路，这明星个人品牌建立之路可比我们在雪地上送快递还要难！

嗯，各有各的难！要成就一番事业，都得要付出很多，成功总是在风雨后，我们要见彩虹！

嗯，说得真好！我们已经很幸运了！有多少狗不仅没有我们的运气，还是单身狗呢！那像我们这样双宿双飞，还在加州海滩日光浴，所以我们要知足与感恩！

对啊，我们要感恩我们的主人、要感恩我们的二哈星探、要感恩我们的边牧老师、还有这个买房的小胖子和他爹……

嗯，梦想我们一定要努力，努力学习好有一番作为，再来回报他们、回报社会！我们要加油！

好，小黄，我们一起加油！

别老是这样叫我小黄，感觉有点土里土气的！

好，美丽的英伦小黄公主，这样可以了吧？

这样也不好，我们是不是要有一个让大家一听都高大上的名字啊？

我们不是已经有名字了吗？难道要换名字吗？这样不好，我们不能注重这些外在的东西，我觉得梦想挺好的，我们每条狗、每个人都要有梦想！呵呵，每个人心中都有我这个梦想，我是不是特别伟大！

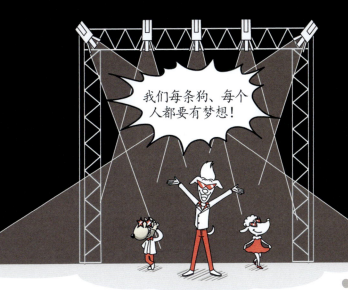

得了吧！上次别人在好莱坞剧场上朗诵，啊，我伟大的梦想啊，你在哪里啊？你就马上站起来，汪汪汪说我在这里啊！搞得大家哄堂大笑！

呵呵，是啊，他们都以为我和朗诵者是一对搭档呢！

还搭档，人家都以为你是神经病，是故意来破坏演出的，要不是我解释，人家差点都叫警察把你赶出去了，还搭档呢！

呵呵，谢谢小黄公主！那我们这样行不行，名字就不改了，我怪舍不得的，都跟了我这么多年了，一路上风风雨雨的，是梦想之名赋予了我勇气与梦想让我这么执着追求，这么艰辛万苦走过青葱岁月，再说这也是主人的一个寄托，主人一路与我走来多不容易啊！现在连我都没有陪在他身边，我不能让主人连我这个梦想名字都没有了！

啊，梦想你还掉眼泪啦，你哭什么啊！你是男子汉，是狮子座的男生，你是我的王，你怎么能哭呢？

我想我的主人了，都不知道他现在怎么样了？没有我们帮他们，他们一定很辛苦，一边卖商品一边还要送快递！

梦想你不要哭，我也想我的主人，你看看，搞的我流眼泪了！

……两条可爱的puppy，在加州马里布的海滩抱头痛哭，哭了很久、很久！是啊，曾经一起生活的快乐时光、一起创业的快乐拼搏，是有多么的不舍啊！可这就是现实的生活！

嗯，小黄我们都不要哭泣了，你说得非常对，我们要擦干眼泪，各个方面都要做到最好，才能取得最大的成绩，用最好的成绩展示给我们的主人看，让他们因为有我们而自豪！我们要构建我们自己的品牌，要精细化构建我们的品牌！你刚才说的改名字也是构建我们明星品牌的一个部分。

嗯，梦想，我们要构建我们个人的品牌、还要构建我们这一对世界最幸福的情侣品牌！

好，那我们从现在起，做的每一件事情都要给自己的品牌加分！一点一滴精细化构筑我们品牌！

刚才说的改名，在演艺圈有两类，一类是真的改了父母赐予的名字了，另外一类是没有真的改名，而是取了一个艺名。我看我们就按照第二类吧！起个响亮的艺名吧！

好，还是我的王厉害！那我们叫什么艺名？

我们一起想想吧！

我想到了，你听听如何，你就叫 Dream 我叫 Shine，呵呵，Dream Shine。啊！梦想闪耀，照亮观众们前行的梦想道路！啊！世界啊，因 Dream 而充满希望！啊，道路啊，因 Shine 而明亮！啊，伟大的 Dream Shine 啊，你是多么令人向往！

哇，我们美丽的小黄啊，你是多么富有神奇的想象！啊，One World, One Dream, Let's Shine With China! 非常棒！荔枝公主你太厉害！这也可以想到的啊！我看我们的组合就可以叫Dream Shine！

是吧！我可是聪明伶俐，人见人爱，花见花开的Shine！

呵呵，为 Shine 鼓掌！

你有没有想到啊？亲爱的 Dream！

我也想到了，你听听如何。你就叫 Alize·baby，我就叫 Movata·boy。

哇，好听耶，你说说都有什么含义。

呵呵，Movata·boy 梦凡达男孩，就是梦想凡人通过努力都可以达到的！

哇，太好了，我们都是凡人，我们都有梦想，只要努力我们就可以达成梦想！梦凡达男孩！好！Hello, Movataboy！

Hello, Alizebaby！

那 Alizebaby 呢？

Alize·baby 就是爱荔枝宝贝，呵呵就是我爱荔枝 baby 你啊！来，宝贝靠着我，我唱给你听吧！

Oh woah Oh woah Oh woah

You know you love me, I know you care

You shout whenever, and I'll be there

You want my love, you want my heart

And we will never ever ever be apart

Are we an item? Girl quit playing

We're just friends, what are you saying

Said there's another and look right in my eyes

My first love broke my heart for the first time

And I was like

Baby, baby, baby, oh like

……

I thought you'd always been mine, mine

Now I'm all gone

Now I'm all gone

Now I'm all gone

I am gone

（注：歌曲来自Baby-Justin Bieber）

哇，太棒了，唱的太好了！你都要超过原唱 Justin Bieber 了，太棒了，Movataboy 你老厉害了！我不走的！我永远都是你的 Alizebaby！

Alizebaby 你也唱的很好！我也永远都是你的 Movataboy！

我们永远都在一起！永远都在一起！我们为世界而生！为世界而生！我们一定会成功的！成功的！汪汪汪！汪汪！

Movataboy 与 Alizebaby 的呼喊声在宽阔的海洋上回荡飘扬！

（本幕完）

第十幕　明星品牌

Movataboy 旁白：

明星品牌非常重要，明星跟商品最大的不同是，商品是实质物质交换而换取的价值，商品的品牌是依附商品上的；而明星是生产虚拟商品的，所以这个虚拟商品的制造者就是明星本身，明星品牌是依附明星的，明星本身就是自身品牌的一切。

Alizebaby 旁白：

　　明星品牌对一个明星来说是自己的一切，要像呵护自己的羽毛一样呵护自己的品牌。品牌建立起来很艰难，而要毁掉它可能只是一瞬间，比如你做什么见不得人的事情了，可恰恰被某区民众举报了。

合声旁白：

　　明星品牌。明星品牌就是明星总是穿着别人的品牌来把自己装成一个品牌。

扫 描 二 维 码
欣 赏 精 彩 动 画

www.dreampuppy.cn
登录网站欣赏更多精彩内容

正剧：

Morning！同学们！相信大家都已经休息好了吧！加州的阳光还是不错的，那同学们的Presentation一定像加州的阳光一样也不错吧！

本周我们就围绕着明星品牌进行讨论，下面哪一组同学开始做演讲。

呵呵，看来大家都很踊跃嘛，是做明星的料，都很勇敢，藏獒同学怎么都跳到桌子上啦，还四脚朝天举手，不错，那就你先开始吧！

好的，Everydog，Morning！汪汪汪，大家早上好！今天是阳光明媚，早晨的阳光穿过我们窗户，照耀在我们边牧老师身上，让边牧老师都金光闪闪的，就像一颗璀璨的明星，照耀我们班级前行的道路！

哇，这个藏獒同学厉害啊！大家掌声一片！

好，谢谢同学鼓掌！请大家安静！

哇，这个藏獒同学对场面的控制很好哦！

是啊，看来三个月的学习让我们都成长了！Movataboy悄悄地对Alizebaby说。

今天我的演讲题目是明星需要品牌、品牌需要明星！这是我们战狼组同学们一致完成的报告，我在这里先要感谢我们组的恶霸犬同学、斗牛犬同学、比特犬同学、还有大丹犬同学对报告做出的贡献，谢谢我的战狼组同学！

好，这个厉害哦！呵呵，将来都是演恶霸的！

Alizebaby 凑到 Movataboy 耳边偷笑着说。

明星一定是需要品牌的，而品牌也一定是需要明星的，二者关系是密不可分的！

明星能成为大家知晓的明星时，或者说一个演员能成为大家家喻户晓的演员时，他就已经成名了，就已经成为了一个品牌了，已经被品牌赋予了力量了！那，他的名字与形象就构成了一个品牌商品，这个品牌就有了价值，品牌越大，价值就越大，粗俗地说，他就可以用名字或形象这个品牌去挣钱了，品牌越大挣到的钱就越多！

而，品牌也需要明星去赋予自己更高的价值，一方面，

明星品牌也需要明星去不断丰富她的内涵，去赋予她的外延，形成超级品牌；另外一方面，很多商品品牌也需要明星去代言，去更好将品牌商品形象化，符号化，有利于更好更广泛地传播！而明星因为品牌商品的代言而增加了曝光度、增加了收入与价值，这就给品牌与明星一个双赢的局面！

从以上两个方面分析，品牌与明星之间的关系是互相依存的正相关关系，是唇齿相依的关系，好的明星与品牌呈现螺旋上升的趋势！

反之，明星如果自身行为不当导致品牌被破坏了，那明星身价与品牌价值就成直线下滑的趋势，甚至就一落千丈，连明星的这个光环都要被摘取了，那他就已经不成为明星了，也就无所谓什么品牌了，不臭就已经不错了！

所以我们要呵护好自己的品牌，用正能量去保护好自己的品牌，让品牌能持续赋予你更高的价值！而你就可以用品牌去发挥更大的价值！说不定，不久的将来你就可以用品牌的价值到马里布或者比弗利山庄买上一套心爱的庄园，吹着小海风，晒着加州的阳光，与心爱的她一起成为人生赢家！这很汪汪汪！

谢谢大家！我的Presentation到处结束，欢迎大家批评！

哇！大家一阵尖叫！连边牧老师都发出了尖叫声！

厉害耶，原来恶霸组也这么有哲理啊！厉害！梦想，哦不，Movataboy帅哥，我们梦想闪耀组可不能输给恶霸组哦！

放心，那是一定的！我们可是Dreamshine组合！

大家刚才听了恶霸组是否感觉不错啊！是的，我们做演员一定要用正能量去呵护自己的品牌，用生命去捍卫我们自己的品牌，这样才能使得我们的品牌能走得更远更闪亮！品牌的构建很难，而要破坏他就很容易，也许你一个不经意的动作，一时大意就会使得自己的品牌一落千丈，再也无法爬起！所以做明星做演员是最要小心翼翼的，你的一言一行都要小心翼翼，我们每天都要有走钢丝的感觉，时时有一颗如履薄冰的心！

好，下面哪个组上来！

哇，你们看看这对厉害了，梦想拉着小黄公主举起双手，大家看他们手上还带上红头绳，你们这秀恩爱让在座的这些单身狗同学怎么想？让我们恶霸组的这些同学怎么想？

喔、喔、喔，是啊，我们都是单身狗，不公平！不带这样欺负我们的！

呵呵，那下面就有请梦想与小黄组上台演讲！大家欢迎！

嘘、嘘、嘘，羞、羞、羞，口哨声、掌声交杂在一起。

你们怎么二狗一起上去了啊？这还秀个没完了啊！边牧老师快管管！

对啊，你们怎么一起上来了啊？

边牧老师、同学们，在演讲之前请允许我先向大家报告

一个好消息！

哇，你们是不是结婚啦，要请我们参加你们的婚礼吧！

尖叫声此起彼伏！

害的小黄是把头都埋在了梦想的怀中了！

大家不要起哄！不是要结婚，是要告诉大家，在昨天我们有了我们自己的艺名啦！大家想不想知道啊？如果不想我就不讲啦！

想啊，赶快告诉我们吧，你们厉害啊，还有艺名啦！

好，我们先告诉大家我们的一个组合名字，以后如果我们一起开演唱会、一起代言就用我们的组合名字，那就是Dream shine组合！好听吗？我们就是梦想闪耀组合！

好听，Dream shine，我们都期待你们的演唱会哦！

谢谢大家，下面我们用掌声有请我们的小黄公主告诉大家她的艺名！

大家好，谢谢大家的掌声！我的艺名叫Alizebaby！大家以后就叫我Alizebaby吧！Alizebaby还大方地对大家弯腰敬了一个万福，老师与同学们Alizebaby这厢有礼了！

搞得恶霸组都沸腾了，因为他们心中都期待这样的Alizebaby！

下面我说说这个名字的含义吧！

搞得梦想很紧张，这个Alizebaby会不会把荔枝的故事说出来啊？

　　我这个名字中文直译就是，爱励志宝贝，就是我们每一只狗都要励志，都要有远大的梦想，为这个社会与世界做一份自己贡献，大家要不枉此生！

　　好，边牧老师带头鼓起了掌！而，梦想悬着的一颗心总算回到肚子里了！

　　谢谢大家！下面我来说说我的艺名，我的艺名就叫Movataboy，大家以后就叫我Movataboy啦，谁叫我给谁买糖吃，让它甜到心里！

　　汪汪汪，Movataboy，我们喜欢你，买糖哦！

　　我的名字也有一个小含义，那就是梦想是凡人都可以达到的意思，中文的意思就是梦凡达男孩！虽然我们每个男孩

我们用实际行动一点点地构建自己的品牌！

都是平凡的，但我们心中都要有一颗不平凡的心，都要有属于自己的梦想，你努力再努力，梦想就一定能达到！

好，说得太好了！搞得萌萌组的爱美、吉娃娃等同学眼泪都流出来了！

谢谢大家！我和Alizebaby在这感谢大家！这也是我们的演讲！

啊，你们这就结束啦？

是啊，我们用实际行动在一点点构建我们自己的品牌啊！

边牧老师带头鼓掌！同学们一片掌声！

刚才Movataboy与Alizebaby这对Dream shine组合的Presentation做的太好了！我们明星品牌就要去用行动去构建，品牌是要依靠我们的行动去完成的，我们不能嘴上励志，我们更需要的是行动！行胜于言！看来Movataboy与Alizebaby已经理解了明星与品牌之间的关系了！这非常好！

其实明星要构建品牌，首先就得做好一个明星需要做的任何一件事！你要积极、你要有有爱心、你要敬业、你要有德、你要演技高超、你要私生活检点……一点一滴才能构建自己的品牌！其次，你要呵护品牌，不能有一点一滴的污点，因为品牌的正反力量都很大，大家要精细化管理与呵护自己的品牌，像呵护自己的羽毛一样呵护自己的品牌！

（本幕完）

第十一幕　毕业典礼

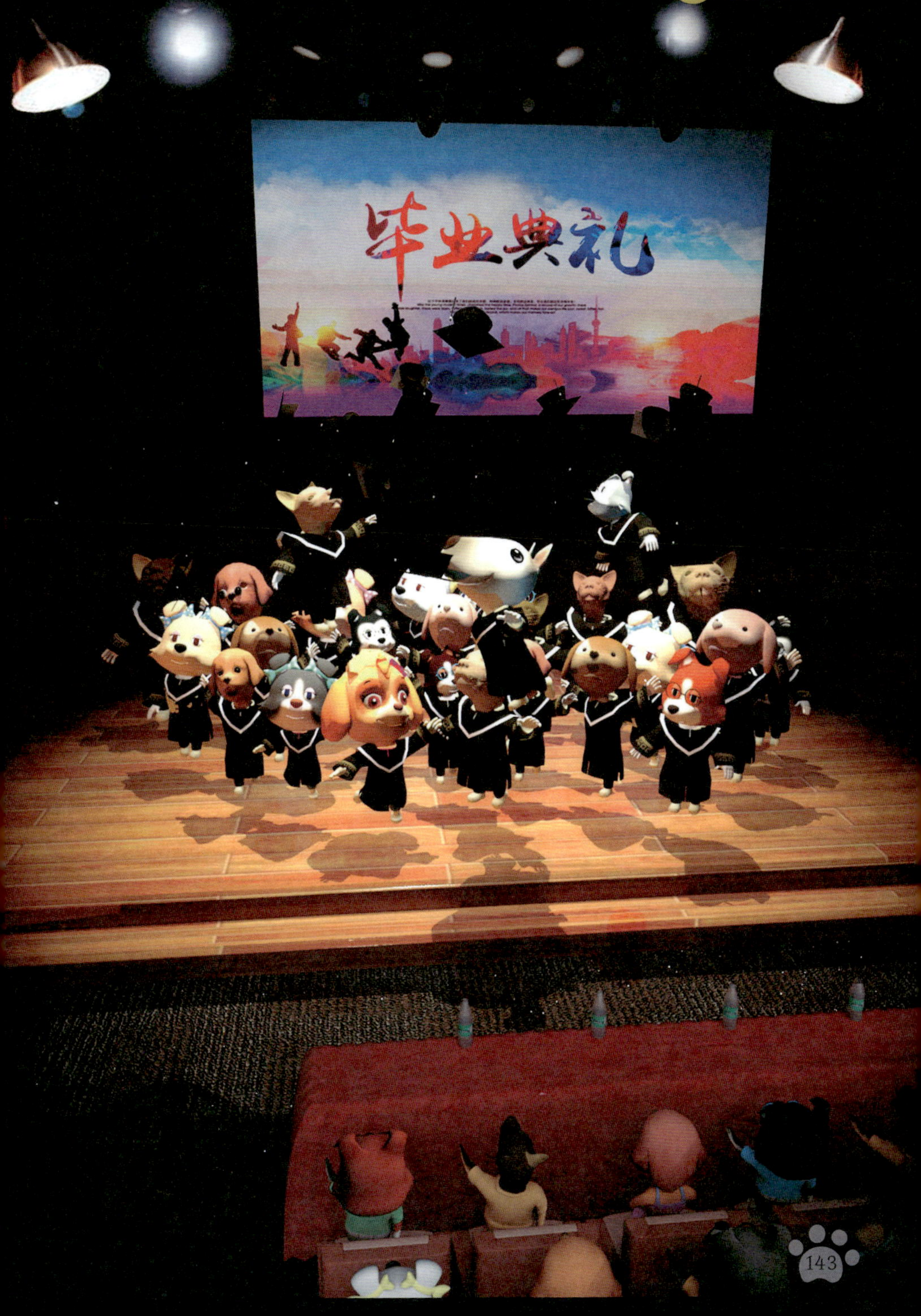
毕业典礼

Movataboy 旁白：

  毕业典礼总是让狗高兴的，不仅仅是学成的问题，更重要的是能畅想美好的未来，这是一段毕业到走上工作的一段真空时光，也可以说是一段幻想时光，你可以幻想未来真实的社会工作场景是无比美好的，你也可以把自己想象成是无所不能的，是能力与智慧得到大家认可的！

Alizebaby 旁白：

　　毕业典礼总是让狗感伤的，是啊，相聚的时光总是这么短暂，彼此刚契合就要分别，有的分别说不定就成了永别，真是别时容易见时难，再见时已茫然！但有相聚就有别离的，时光流淌，岁月荏苒，风云尘土总要离。

合声旁白:

毕业典礼。毕业典礼是为了让好学生与差学生成绩归零重新竞赛而举办的一场公平典礼。

扫 描 二 维 码
欣 赏 精 彩 动 画

www.dreampuppy.cn
登录网站欣赏更多精彩内容

正剧：

同学们，大家好！相聚的时光总是这么短暂，岁月的流淌总是这么汹涌，大家开学时的场景还像加州的太阳一样有温度，可我们就要分别了，相信你们都有同感，也相信大家都有所感伤。我看有的女同学还饱含泪光，可大家此时应该更多地是高兴，我们应该把我们相聚的美好岁月铸就成一首咏叹调，像加州的阳光一样照耀着加州，让加州的万物复苏，让加州的夕阳鎏金，我相信大家将来一定能让我们的演艺圈生机勃勃，像加州的阳光一样照耀着演艺圈，让阴霾离开，让光明前来，让正义普照！

作为校长，我相信不久的将来，我一定会因为你们而感到自豪。因为这里是明星的港湾，是星光大道的摇篮！更是正能量明星的发动机！

……

全场的掌声，大家都被校长的热情洋溢充满期待的演讲而打动！是啊，我们是正义的明星化身，Alizebaby 我们一定要成为演技与正义的化身！

今天，我非常高兴能来到我儿子小斑点狗的毕业典礼作为家长代表发言。

我记得我上次还是作为一个怀揣梦想的毕业生站到这个毕业舞台上进行毕业演讲的，这一毕业都五年了，我也从一个青春美少男变成了中年汉子了。我记得一位东方哲人说过，逝者如斯夫，时光飞逝啊。感慨万千，这次我有两个身份，一是以校友身份来参加这次毕业典礼；二是以家长的身份来参加这次毕业典礼，大家知道我是小斑点狗的父亲！

我今天演讲的题目：明星的责任。

我觉得我是一个演员，现在也是一名明星，我父亲老斑点狗也是一位明星，我希望我儿子小斑点狗将来应该也能成为一位明星！

我想有的狗会汪汪汪说，哇，明星狗耶！你们可是狗中豪杰，享不尽的荣华富贵，吃不尽的山珍海味，那是很多狗理解错了，我们不仅仅要演好生活中的戏，我们天天到处奔跑演出，有时还要吊威亚，有时几天都吃不到一粒口粮，这只是我们在为了演戏而拼搏，当然我们的dollar会比一般狗挣的厚一些，可我们都没有时间享受啊！另外，我们还要本色出演好生活中的戏，我们要扮演好好公民、好父亲、好公益工作者、甚至还要当一条有梦想有文化的狗，你们说累不累，真是戏里戏外不是人！

下面一片汪汪声！

呵呵，这只是我们的玩笑话，我觉得这是我们作为明星应该做的事情，因为我们是公众狗物，我们的一言一行都是为引领世界文化潮流发展的，我们已经不仅仅是我们自己了，我们也没有了各自的私生活了，我们已经成为了公众的一个部分，已经成为公众们的精神寄托与假象的完美替身了，我

们只有做到极致的完美，做到观众心目中的英雄才能满足观众对于我们的期望与寄托！

连绵不绝的汪汪汪声……连Alizebaby也叫的很欢！是啊，明星与生俱来承担着观众的使命！

同学们，你们马上要走出校门，踏上演艺圈的道路，作为一名老校友、一名有所小成就的小明星，我给大家一些小忠告：

第一、大家要有敬业精神，这是我们作为演员的起码要求，我们不仅仅要为投资者演好戏，为导演演好戏、更要为观众演好戏；

第二、大家要有敬畏精神，演出一场戏简单，演好一幕让观众刻骨铭心的戏难，大牌明星更是要有敬畏精神，时刻保持演好每一幕戏的状态；

第三、正能量，大家都要做正能量的使者，戏里如此，戏外更要如此，只有我们自己都正能量了，我们才能作为观众的偶像，才能对得起热爱我们的观众、影迷；

第四、积极乐观的生活态度，多为社会、家庭做一些有意义的事情，我们做明星的多数是很忙，但大家还是要保持一颗积极乐观的心；

第五、爱自己，我们不仅仅要观众爱我们，我们更要自己爱自己，不仅要从身体上爱、更要从精神上爱。现在我们面临着各种各样的污染、各种各样的疾病，如果我们不爱我们自己的身体，身体就会罢工，就不能有足够的好体魄面对强工作；另外，我们也要注重精神上的爱，我们要爱我们的灵魂，让压力变成有趣的灵魂，让我们精神得到宁静与休息！

第六、学习，我们现在在学校里学习，毕业后更要在工作中生活中学习，我们可以从我们的前辈明星中学习，可以从身边学习，只要大家有学习的心，你就会发现每个人都有你值得学习的地方！

最后，我祝在座的各位同学都能成为大明星，都在星光大道的舞台上收获自己的青春！

持续不断的汪汪声，响彻整个加州！

毕业啦，同学们在合影后将帽子跑向天空，像一朵莲花一样盛开在学校上空。

欢呼的、互相祝福的、打情骂俏的都充斥着校园，Alizebaby 与 Movataboy 深情相拥在一起，是啊，时光流逝，转眼就到了毕业季，梦想也从梦想变成了 Movataboy 了，也更加有男狗味了，翘翘的胡子洋溢着青春的傲气；英伦小黄也从小黄变成了 Alizebaby 了，你看，多么妩媚，娇羞的像出嫁的新娘，嘴角流淌着满满的胶原蛋白！

　　亲爱的 Alizebaby 小姐，你马上就要成为世界最耀眼的一颗明星啦！你有什么感想跟本大王说说，Movataboy 搂着 Alizebaby 说到。

　　亲爱的 Movataboy 大王，我要与大王一起闯荡演艺圈，我们要通过我们的努力在星光大道上镶嵌我们的名字！

　　一定的，Alizebaby，我们一起加油，让我们为我们的未来欢呼吧！来让我们一起为我们在加州的生活再奔跑一次吧！

　　好耶！让我们一起奔向马里布海滩吧！

　　Movataboy 与 Alizebaby 一起往它们心中最美的海滩跑去，互相追逐着、汪汪着冲向马里布海滩，这时它们是开心的、激动的，这不仅仅是毕业的喜悦、更是两狗的庆生，在异国他乡能坚守住两狗纯真的爱情年华，能互相理解、互相帮助一起往前走，这在当今的社会是很难得的！

　　追逐是一种欣喜，躺在沙滩上是一种放松，一种欣喜后的放松是美好的，Movataboy 与 Alizebaby 躺在沙滩上互

相放松着看着加州的云，它们在憧憬着两狗美好的演艺事业的未来，一切是水到渠成的美好。

夜色降临，落日与海鸥齐飞，海水与柔情并举，Movataboy 相拥着美丽的 Alizebaby 在美丽的白沙海滩上睡着了，它们做了一个明星梦，一个像漫画般美丽的梦，梦中它们看到一幕幕发人深思的戏！

（本幕完）

第十二幕　明星梦

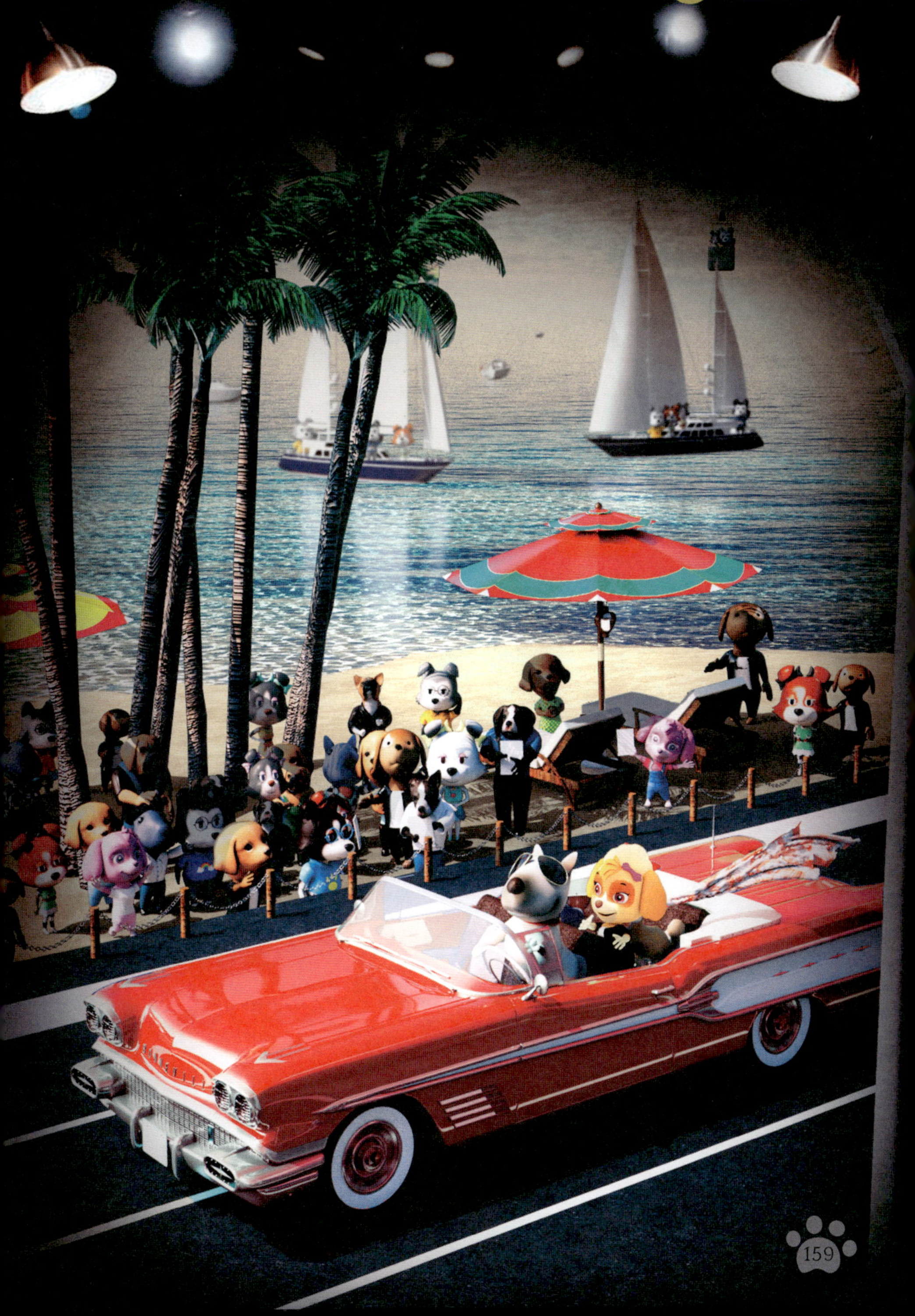

Movataboy 旁白：

明星梦是每个人都有的一种美好梦想。人物越小，梦越大，所谓小人物都有一颗大梦想；而人物越大，梦越小，成为了人家的大梦想了！人世间 99.99% 的人都是在做着大明星的梦，而 99.99% 的人不会成为别人的梦！

Alizebaby 旁白：

　　明星梦，就是一场风花雪月的梦，有人是自己做梦做成了一个梦，有人是很多人一起帮助成为了一个梦，是梦都会有梦醒时分，只是看你在做梦中沉淀了什么给世间，是成为永恒的经典，还是成为灰飞烟灭的一场梦，那就要靠做梦者自己去做了！

合声旁白：

　　明星梦。明星梦就是不是明星做的梦！到头来成就了明星，失去了自己！

扫 描 二 维 码
欣 赏 精 彩 动 画
www.dreampuppy.cn
登录网站欣赏更多精彩内容

明星要受到大家尊重与敬仰，首先要从自我的一点一滴做起，成为榜样，包括生活，你是公众人物，就要成为先进文化的代表！

男一号就是影视的灵魂人物之一，要成为经典的男一号，除了天赋演技以外，敬业精神与人格也是一样重要！

女一号就是影视的一朵花,要成就经典角色,除了靓丽的外形,出色的演技以外,吃苦的精神与人格魅力缺一不可!

太好看了！我还要再来看一遍！

收视率是衡量一部电影或电视剧是否成功的重要指标，没有收视率一切的投资与付出将是空谈！但不要忘记收视率是为影视文化发展而服务的，不能纯粹为了收视率而丧失了文化是先进思想代表的本质！

明星有时是要靠外在的包装去吸引眼球，但不能只靠包装而存在，
金玉其外败絮其中是不长久的！

扫 描 二 维 码
欣 赏 精 彩 动 画
www.dreampuppy.cn
登录网站欣赏更多精彩内容

第十三幕 明星经纪人

Movataboy 旁白：

经纪人是为买卖双方提供便捷交易获得佣金的一种职业，明星经纪人是为明星寻找商业与机会的重要人物，好的经纪人不仅可以为明星增加收入，还为明星的品牌增加厚度，当然明星碰到素质差的经纪人就要小心了，不仅为管住自己的钱包，还要管住自己的老婆！

Alizebaby 旁白：

　　明星经纪人，是一个跟明星一样忙，甚至更忙，但收入比明星低很多的一种职业，不仅鞍前马后为明星服务，还要去为明星创造各种各样的价值，同时还要有一颗能忍受的心！当然也有个别欺骗明星到处招摇撞骗的明星经纪人！

合声旁白：

　　明星经纪人。明星经纪人就是能天天见到明星的人，有的也能天天见到明星老婆的人。

扫 描 二 维 码
欣 赏 精 彩 动 画
www.dreampuppy.cn
登录网站欣赏更多精彩内容

做事先做人，经纪人首先要做好人，如果人都没有做好，那做经纪人肯定做不好！

经纪人勾引女演员,目的是人钱并获,前提是要你情我愿!

扫 描 二 维 码

欣 赏 精 彩 动 画

www.dreampuppy.cn

登录网站欣赏更多精彩内容

第十四幕 潜规则

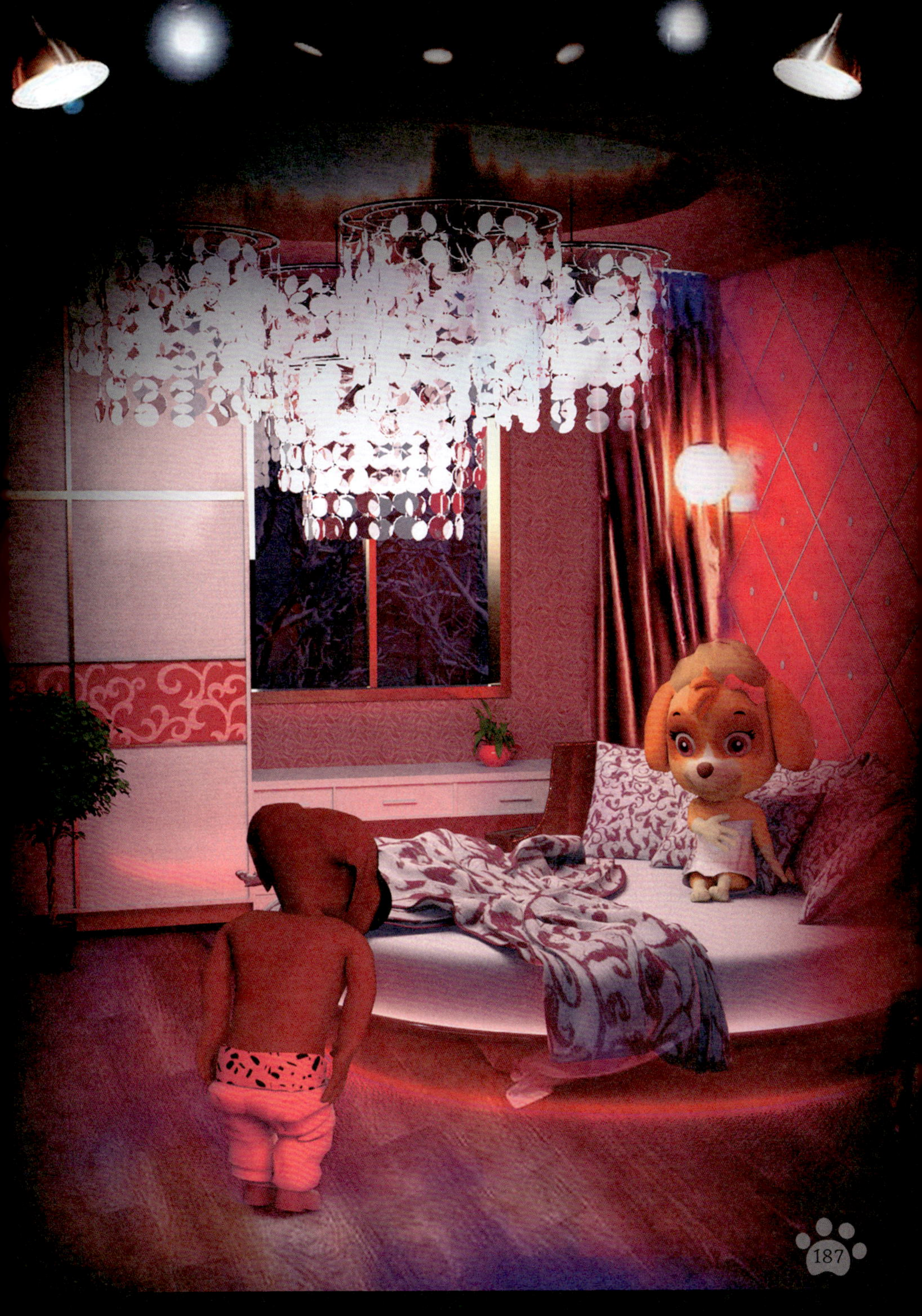

Movataboy 旁白：

　　潜规则，娱乐圈潜规则到底有没有人类一直在吵吵闹闹，想证明清白的娱乐圈人士一直在证明潜规则在娱乐圈只是个案而已，而吃瓜群众一直认为娱乐圈长期存在潜规则，他们的理论就是，既然有规则，那么一定有反规则的潜规则存在！

Alizebaby 旁白：

　　潜规则就是一种各取所需的交换而已，对谁是公平谁是不公平，那就只有当事人自己知道了，当然当事人可以选择不被潜规则，或者不去潜规则别人，那就要看当事人自己道德与职业操守水平了。

合声旁白：

潜规则。潜规则就是规则的反作用力把规则给潜了的规则。

扫 描 二 维 码
欣 赏 精 彩 动 画
www.dreampuppy.cn
登录网站欣赏更多精彩内容

哎，小狐狸精！还想套我的话！主角的位置肯定是你的呀！

哎呀，我的X导啊！听说你又拍新片啦？

一线大明星

真的假的？上次你也是这样骗我的！

宝贝！新赞助商已经拉来了，好好伺候我主角的位置非你莫属！

二线女明星

现在演戏想火的很难！跟着我这部戏你就是主角！

嗯……

三线小明星

娱乐圈潜规则大部分存在月光下的潜规则，无非是利用与被利用皮肉色相而已。

著名编导

有的天价综艺节目或电视剧电影投资拍摄背后，隐藏见不得阳光的金钱交易，说白了就是变相的行贿贪污或者国有资产流失。

有的来路不明的资金总想通过光鲜亮丽的场景变成合法收益,恰恰影视投资是一个好的载体。

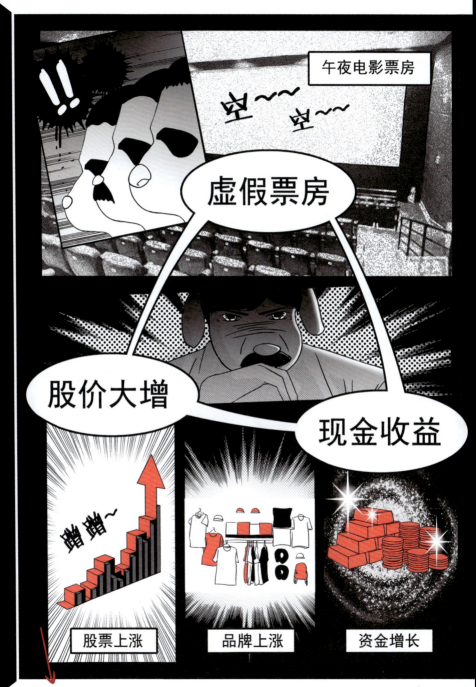

为了业绩、为了股价或为了满足投资者的要求，通过购买票房获得PE增值收益，貌似没有影响市场，其实是一种竞争力与业绩造假。

一方为了获得上位，为了获得后台，为了获得金钱，有的明星就心甘情愿任干爹摆布；一方是有某种特定资源而为老不尊为潜规则女明星而当的干爹。

扫 描 二 维 码
欣 赏 精 彩 动 画
www.dreampuppy.cn
登录网站欣赏更多精彩内容

第十五幕　拍戏

Movataboy 旁白：

拍戏，是一种演员的工作，也就是一个演员的职业，演员的成功与失败，红与不红，归根到底是戏演得好不好，戏如人生，这句话用于演员与明星是最适合不过的！

Alizebaby 旁白：

　　拍戏，对于明星来说是职业生涯最重要的一件事，将角色刻画的活灵活现，甚至将角色的灵魂表现的入木三分就是一个明星能成为明星的敲门砖！有时，这无关乎钱，这跟职业精神与敬业有关。

合声旁白：

拍戏。拍戏就是一只苍蝇拍将苍蝇拍死，露出鸡蛋本来面目的一场戏。

扫 描 二 维 码

欣 赏 精 彩 动 画

www.dreampuppy.cn

登录网站欣赏更多精彩内容

有的演员是非常敬业的，特别是一些老戏骨，拍戏很认真，付出了巨大的艰辛！

有值得尊敬的**导演与演员**，为了追求戏的完美，付出常人难以理解的努力，终究会获得社会的认可！

其实演艺圈有许许多多好演员，只不过被几个不良演员将演艺圈整体抹黑了，遮盖了！

追求完美，就得不停重来，这就是艺术至上的精神体现！

扫 描 二 维 码

欣 赏 精 彩 动 画

www.dreampuppy.cn

登录网站欣赏更多精彩内容

第十六幕 导演

Movataboy 旁白：

导演，导演是拍戏的指挥，也是一场戏的灵魂，好的导演善于将一个个不知名的明星组合成一个优秀的团队，拍出观众喜闻乐见又深受欢迎的一部好戏；差的导演也善于将一个个知名导演组合成一个乌合之众的团队，拍出观众用脚投票的烧钱大戏！

Alizebaby 旁白：

导演，不仅仅是要拍好戏，更要拍好自己生活的一场戏，一个导演纵然技术很好，可艺德不足，绯闻缠身，到处潜规则演员、潜规则金钱，就算红也只会红一阵，不会长久。

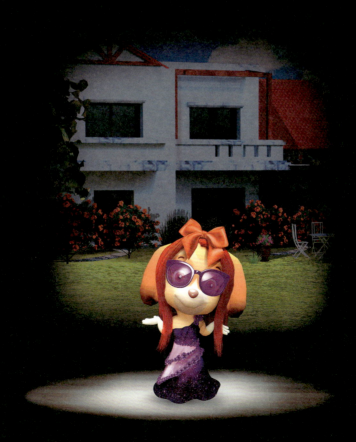

合声旁白：

导演。导演就是又导电影又导胃口的一名好演员。

扫 描 二 维 码
欣 赏 精 彩 动 画
www.dreampuppy.cn
登录网站欣赏更多精彩内容

对于导演来说，拍好一部戏，就得不停付出，有时这跟金钱没有关系，跟敬业有关！

演艺圈，有人为了色、有人为了名、有人为了利而做了一些没有
违反法律，但违反公众人物良心的事情！

扫 描 二 维 码
欣 赏 精 彩 动 画
www.dreampuppy.cn
登录网站欣赏更多精彩内容

第十七幕　替身

Movataboy 旁白：

　　替身，替身是一个职业，一个非常艰辛的职业，有时还伴随着风险，一个专业的替身有时是以生命的代价来履行自己使命的，而替身得到的往往与明星不成正比！

Alizebaby 旁白：

　　替身，在现在的演艺圈是普遍存在的一个职业，有各种各样的替身演员，比较常见的是裸替、武替，但现在还有一种是全替，就是除了收入不替之外，其它演出几乎是全替的替身，这种现象随着科技的发展和演员的艺德下降而愈演愈烈。

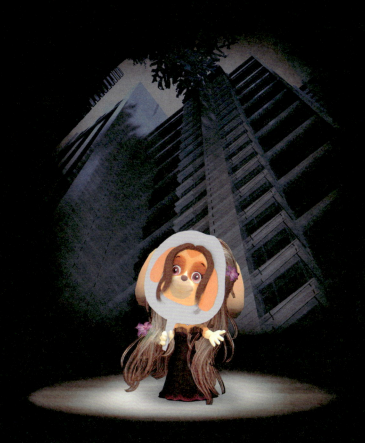

合声旁白：

　　替身。替身就是明星只要脸不要身体的一种演出规则。

扫 描 二 维 码
欣 赏 精 彩 动 画
www.dreampuppy.cn
登录网站欣赏更多精彩内容

拍戏不是既占便宜又挣钱的一场戏，三观不正的演员终究不长久！

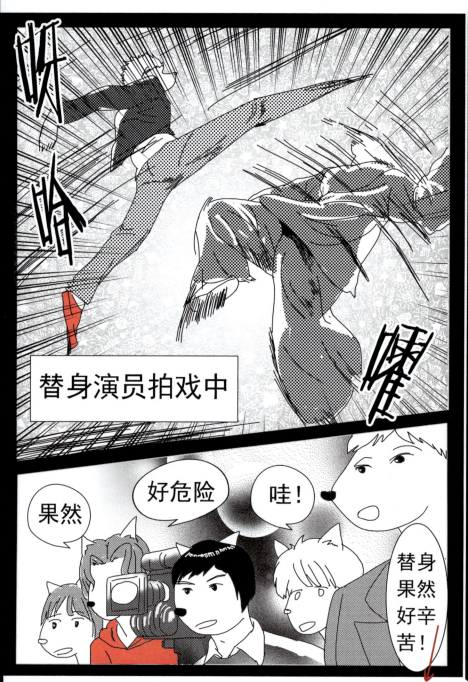

替身演员拍戏中

合理的欺骗观众是允许的,一味地蒙蔽观众就有失艺德了! 终究会被自己玩死的!

同时开机

超多新片

超强替身阵容！

技术的进步使得换头术得以实现，换头在临床医学上刚从尸体开始，
可在演艺圈就已经应用到炉火纯青了！

扫 描 二 维 码

欣 赏 精 彩 动 画

www.dreampuppy.cn

登录网站欣赏更多精彩内容

第十八幕 赞助

Movataboy 旁白：

　　赞助，赞助是给予拍摄电影与电视剧的一种有偿或者无偿资助，无偿赞助的目的是支持这部电影或者电视剧的拍摄，就像公益事业一样，将正能量的价值观传递，有偿赞助的目的是获取广告效应的一种交换！

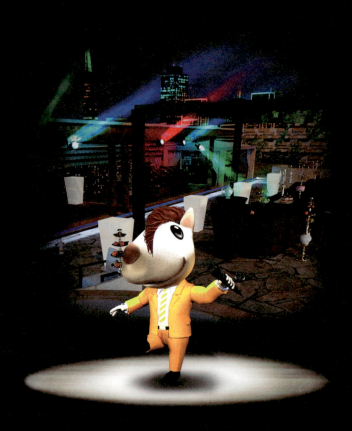

Alizebaby 旁白：

　　赞助，是电影与电视剧获取资金的一种正常手段，但现在这个正常手段也已经受到了潜规则侵蚀了，有的赞助是为了洗钱、有的赞助是为了回扣、而有的赞助是为了上床。

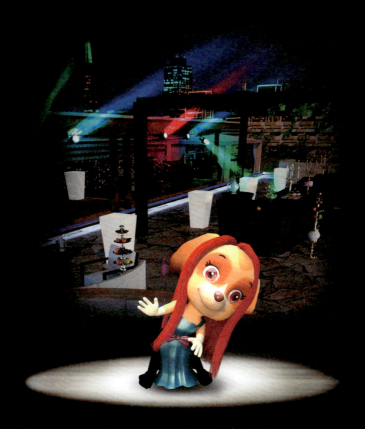

合声旁白：

　　赞助。赞助就是用各种手段称赞他人获得相助的一种方式。

扫描二维码
欣赏精彩动画
www.dreampuppy.cn
登录网站欣赏更多精彩内容

248

洗钱的一种方式，触及了法律，总是会得到手铐的回报的！

为了名，出了利，如果成名还好，可狗肉终究是狗肉！

扫 描 二 维 码
欣 赏 精 彩 动 画
www.dreampuppy.cn
登录网站欣赏更多精彩内容

第十九幕 疯狂粉丝见面会

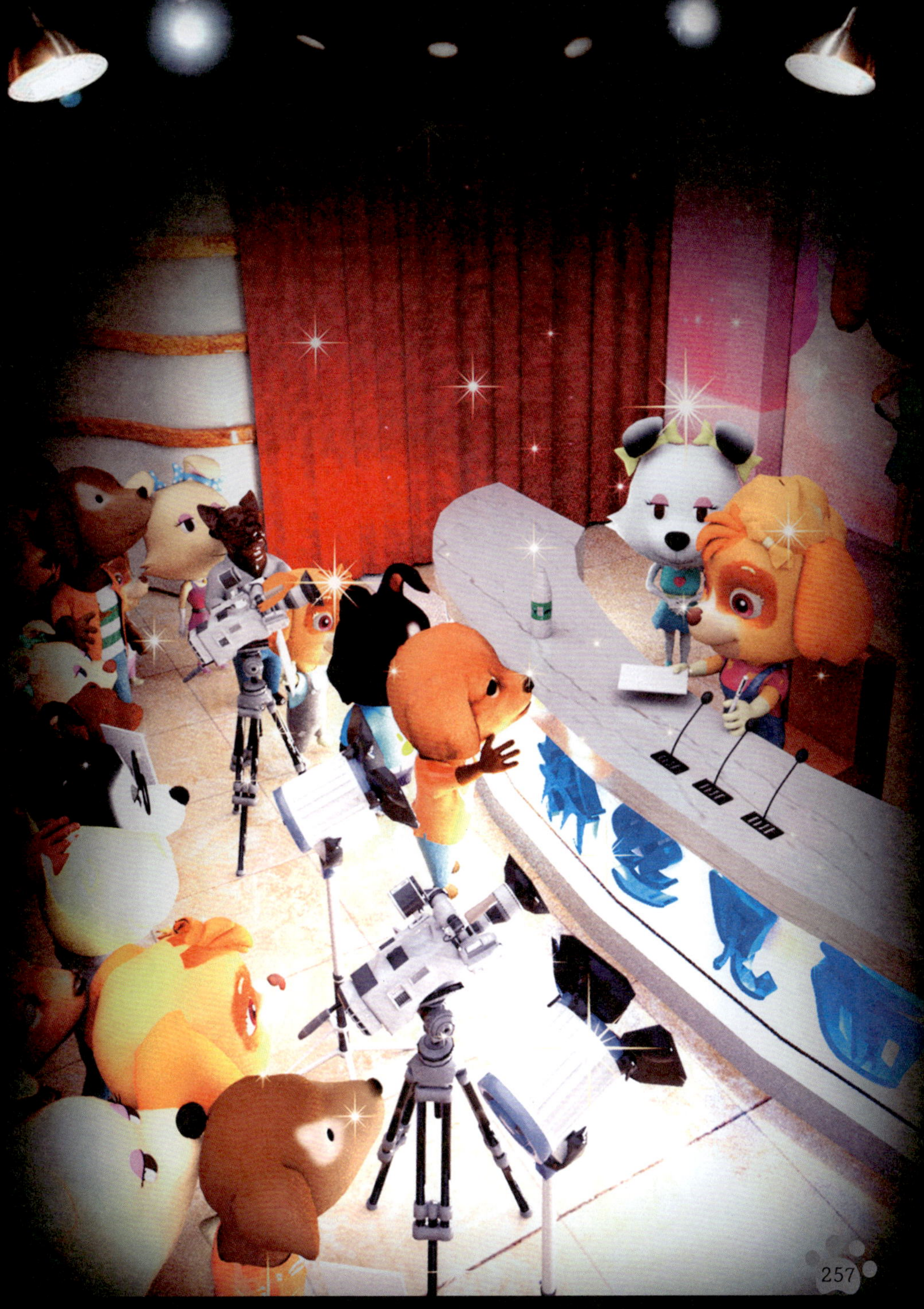

Movataboy 旁白：

疯狂粉丝见面会，明星肩负着票房的使命，有时为了一场电影，要全国各地去与粉丝见面互动，为的是电影的票房，更为的是确保自己的身价！有艺德的明星待粉丝是真诚的，而有的明星对待粉丝只是在镜头前的真诚！

Alizebaby 旁白:

　　疯狂粉丝见面会，明星是为了自己电影的票房，为了自己个人的品牌去疯狂走穴见面，而疯狂的粉丝就不可理解了，是为了精神上的愉悦，还是为了表明自己的欣赏品位，还是只是为了朋友圈的炫耀就不得而知了。

合声旁白：

疯狂粉丝见面会。疯狂粉丝见面会就是疯狂的粉丝被煮熟了让明星当面吃的一次餐饮大会。

扫 描 二 维 码
欣 赏 精 彩 动 画

www.dreampuppy.cn
登录网站欣赏更多精彩内容

一天要跑几个城市参加粉丝会，真不容易~

为了票房，明星有时也很无奈，强作欢颜面向粉丝的疯狂热情！

为了名利, 被荧光灯烤烤, 只要不烤糊就会有回报!

网络的春风，撩拨着明星的青丝，多通道、多媒体立体捕获粉丝
脆弱的小心脏是与时俱进表现！

谁说明星太疯癫，我笑粉丝看不穿！

扫 描 二 维 码

欣 赏 精 彩 动 画

www.dreampuppy.cn

登录网站欣赏更多精彩内容

第二十幕 赶不走的狗仔

狗本梦想
DREAM PUPPY

Movataboy 旁白：

　　狗仔，是一些对偷拍跟踪明星或知名人士的职业记者，狗仔还是一个泊来职业，最早起源欧洲，某些记者为了口粮而博取观众读者眼球经济的一种行业，作为职业来说，无所谓对与错，存在即合理。

Alizebaby 旁白：

　　狗仔，你赶与不赶他都存在，你爱与不爱他都会来的人物。作为明星，作为公众人物，只要你做到表里如一，工作与生活充满正能量，就不要担心被曝光！

合声旁白：

　　狗仔。狗仔就是将明星私生活曝光给大众的一面哈哈镜。

扫 描 二 维 码
欣 赏 精 彩 动 画
www.dreampuppy.cn
登录网站欣赏更多精彩内容

278

网络时代，特别是自媒体时代，为了博取观众的眼球，睁眼拿明星说瞎话就违反了新闻报道的本质了！

扫 描 二 维 码
欣 赏 精 彩 动 画
www.dreampuppy.cn
登录网站欣赏更多精彩内容

第二十一幕　疯狂挣钱

Movataboy 旁白：

　　疯狂挣钱，对于明星来说，只要你肯奔跑、只要你肯装疯卖傻、只要你肯甩开膀子没日没夜干，疯狂挣钱就会让你疯狂。

Alizebaby 旁白：

　　疯狂挣钱，明星疯狂挣钱没有什么不好的，只是要挣该挣的钱，只是要花在该花的地方，只是要懂得回馈社会，毕竟明星经济是作为文化经济而存在的，是属于思想上层建筑范畴的，是为社会进步而服务的！

合声旁白：

　　疯狂挣钱。疯狂挣钱就是为了钱疯的什么都不顾了，什么也顾不上的一种挣钱方式。

扫 描 二 维 码
欣 赏 精 彩 动 画
www.dreampuppy.cn
登录网站欣赏更多精彩内容

什么是大牌，就是贵！商品如此，明星也一样，穿的贵、用的贵、出行的贵，挣的也贵！

综艺节目现在是让人眼花缭乱,目不暇接,作秀俨然成为了风尚,是不是导向出了问题?

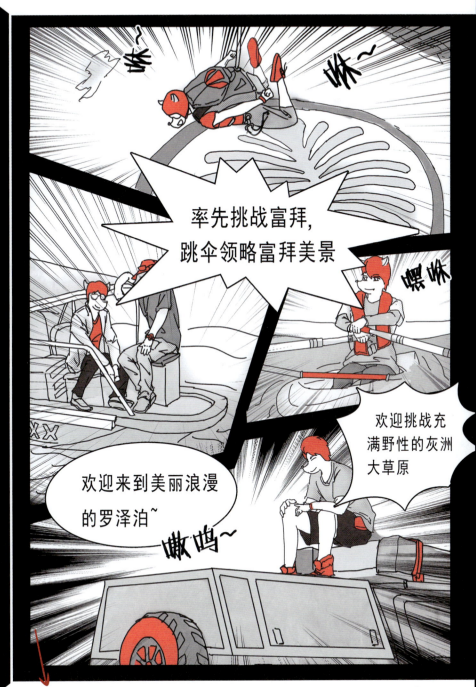

率先挑战富拜，
跳伞领略富拜美景

欢迎挑战充
满野性的灰洲
大草原

欢迎来到美丽浪漫
的罗泽泊~

现在每个省、每个市、每个县都有数不清的频道，
而观众的眼睛就这么多！

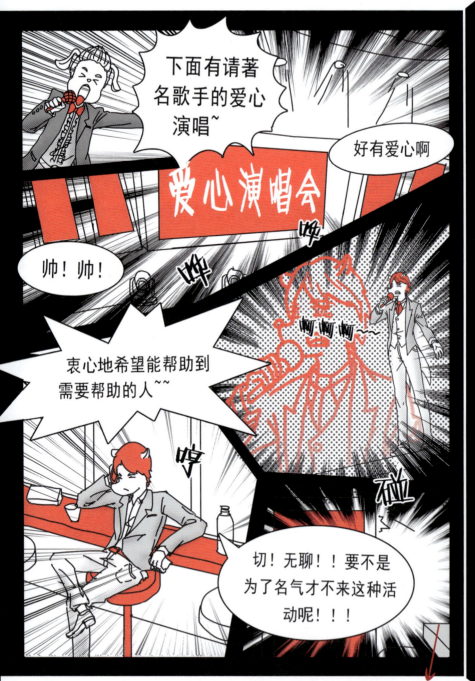

有的是高调做慈善，有的是作秀做慈善，不管是哪种慈善行为，只要是真的做了慈善我们都应该尊重他们！

商品要成为品牌商品，就得有口碑与曝光度，明星代言不失是一种好的方式，明星品牌可以快速叠加到商品上去。但明星也要考虑商品品牌是否给自己带来正能量！

明星就是一个产业，有的明星一个人就是一个产业，高收入无可厚非，但千万要记住明星承载着正能量文化发展的使命！

扫 描 二 维 码
欣 赏 精 彩 动 画
www.dreampuppy.cn
登录网站欣赏更多精彩内容

疯狂明星话剧演出到此结束，非常感谢各位观众专业与热情观影，在此我代表我们各位演员向广大关注我们与热爱我们的观众表示最真挚的感谢！谢谢大家在此观影！

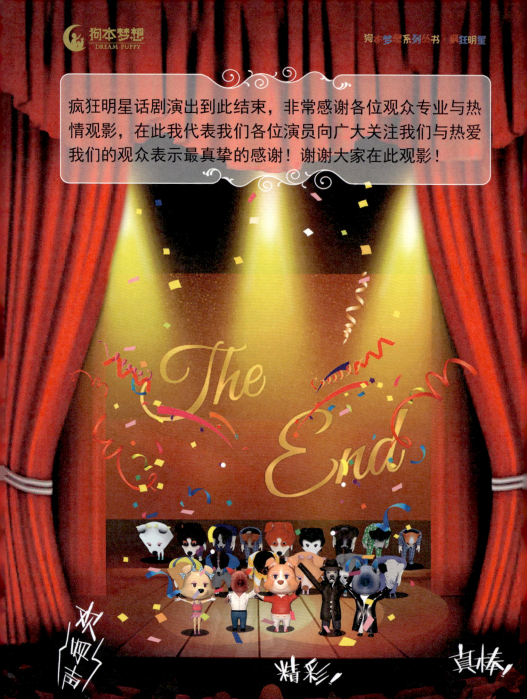

谢谢大家，谢谢！太感谢大家这么热情的掌声，大家鼓掌辛苦了，在这发展的时代，大家都面临着激烈的竞争，大家能有宁静的心看我们的演出，实属不易，这么热情更是让我们为之感动，为感谢大家的热情的掌声，我们决定加演一幕报答大家！请大家稍事休息，五分钟后演出开始！

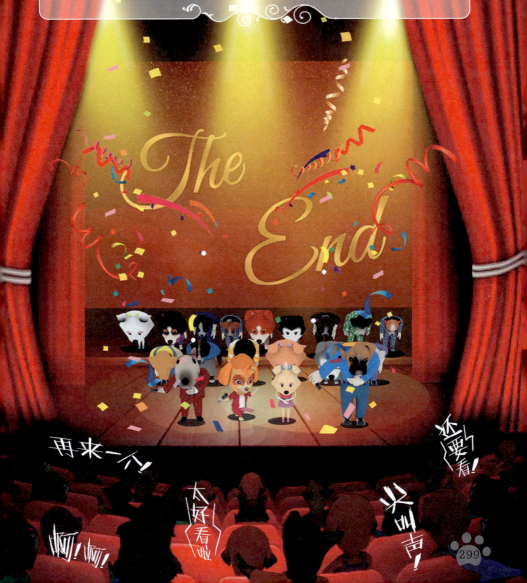

返场感谢幕　疯狂辩论会

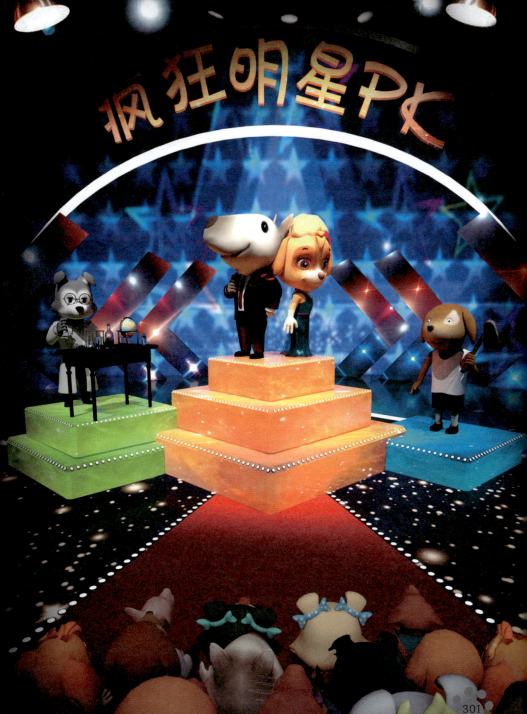

CRAZY SUPER STAR

狗本梦想
DREAM PUPPY

疯狂明星PK

Movataboy 旁白：

　　疯狂辩论会，就是一场越辩越精彩，越辩越明白的疯狂会议，说白了就是借助正方与反方辩论而试图还原事物本质的一场道理会。

Alizebaby 旁白：

　　疯狂辩论会，明星疯狂辩论会就是有明星出场来论证自己都是好明星的一场正确的演出会，关键是准备好台本就 OK，演什么都听导演的！

合声旁白：

　　疯狂辩论会。疯狂辩论会就是不管论点是否正确，都要死乞白赖把对方辩论到疯狂为止！

CRAZY SUPER STAR

扫 描 二 维 码
欣 赏 精 彩 动 画

www.dreampuppy.cn

登录网站欣赏更多精彩内容

科技是第一生产力还是明星是第一生产力？如果科技还是第一生产力，那收入是不是具备第一竞争力呢？

教师不仅仅是人类灵魂工程师，更是科技科研的一线指导师，如果都赶不上一个广告代言收入，那谁心甘情愿教书呢？

扫 描 二 维 码

欣 赏 精 彩 动 画

www.dreampuppy.cn

登录网站欣赏更多精彩内容

后记

狗的使命就是一条狗，再可爱的小狗，它还是小狗，就算是明星狗，它归根到底还是一条狗！一条具有探索世界，嬉戏打闹本性的狗！

当梦想与小黄背着洋名，梦到了一切当明星的酸甜苦辣场景后，二狗终于在大梦初醒时陷入了沉思！思考着什么是狗本赢家的命题，是啊，是应该思考了，为什么来到这个美丽的世界？为什么自己在明星的光环中不快乐？为什么这么富有还是这么空落落的？是不是自己为了一些本不该属于自己的物质，而放弃了自己做狗的本质了？

生命是如此精彩，梦想是如此辉煌，世间有太多有意义的事情了，何不为狗类与人类做些有意义的事情呢？梦想与小黄终于有了如此的感悟！

它们决定去探索这个美丽的世界，为世界的发展出一番力，为二狗自己的远方与诗歌去远航，用奔跑的八脚去丈量世界、用自己真诚的本性影响世界、用出色的演讲能力去传播世界，搭建狗与人类的桥梁、搭建世界文化和谐发展的桥梁、搭建世界经济协同发展的桥梁，当然，它们也不忘了嬉戏打闹寻找属于自己本色的开心！

梦想是美好的，现实又是怎么样的呢？梦想携同小黄带着二狗的梦想去踏上了自己探索的世界的道路，前方路漫漫，前方水徜徉，前方没有美味的口粮……可，它们带着属于它们的完美爱情、带着挥之不去的激情、带着为世界而生的使命踏上征途！

　　让我们一起祝福这对可爱的情侣吧！期待他们在狗本梦想的舞台上，上演一幕幕人生赢家的演出吧！

　　狗本梦想疯狂系列小说全部结束！请广大读者尽情期待狗本梦想之探索世界最美系列小说！

扫 描 二 维 码
欣 赏 精 彩 动 画
www.dreampuppy.cn
登录网站欣赏更多精彩内容